죄인의 꿈

이존태 첫 시집

새로운 세상의 숲
신세림출판사

이 작은 시집을 세상 떠난 아버님께 그리고 강상기 시인에게 드립니다.

아버지!
이 책은 내 책이 아닙니다.
당신의 책입니다.
당신에 대한 그리움과 애틋함이 담겨있는 책입니다.

아버지!
아버지는 당신 혼자만이 아닌 것을 아시지요.
당신이 바로 우리나라이고 민족이십니다.

저는 당신에 대한 생각을 가슴에 묻어두고 나 혼자
가지고 살았습니다.
그런데 그 생각이 피고름으로 가득 차서 엄청난 응
어리로 남았던 모양입니다.
이제는 쏟아놓지 않고는 견딜 수가 없습니다.

아버지!
당신이 받으소서.

당신을 통한 애틋한 가족사를 이제라도 이야기 않고는 견딜 수가 없습니다.

당신과 같이했던 그 민족의 애환을 담아내지 못한다면 회한으로 남을 것 같습니다.

당신의 아들인 나는 너무 큰 아픔에 당신의 메아리라도 듣고 싶어 이 글을 써서 당신께 드립니다.

지금은 글을 쓰기 위해 삽니다.

그리고

내 슬픈 친구 강상기 시인이여!

지금 30도 오르내리는 무더위 속에서도 발이 너무 시려 견딜 수 없다는 친구여,

이미 세인들의 기억 속에서조차 사라진 '오송회' 사건으로 평생을 음지 속에서 살아온 시인이여,

그대의 격려가 아니라면 내가 어떻게 글을 쓸 수 있었을까 돌이켜봅니다.

'내 글은 시가 아니다'라고 단정하고 있을 때 오직 그대만이 "너는 진정한 민족 시인이다"라고 용기를 불

러일으켜 준 강상기 시인!

　내가 말했지요.
　오늘 헤어지면 언제 만날 줄 모르는
　그대와 나만의 아픔
　다른 사람들은 이해하지 못할 것입니다.
　다음 세상에서는 문학도로서 양심과 의식을 마음껏
펼칠 수 있기를 빕니다.
　분단국가에 살면서 분단 상황 극복을 위한 시를 쓰
지 않으면 직무유기라는 당신의 외침이 더 이상 필요
없는 세상에서 우리 만납시다.

　저는 아버지라는 민족과 민족의 아픔을 온몸으로 안
고 사는 두 분에게 나의 첫 시집을 바칩니다.

2020. 06. 06.

이 존 태

차
례

▥ 자서(自序) ● 5

▥ 발문(跋文)/ 강상기 ● 90

▥ 작품해설/ 김광원 ● 96

조국찬가 ● 13

아버지 당신은 모르지요 ● 15

고질병 ● 17

그래도 그대는 나의 조국입니다 ● 20

반절의 고백 ● 22

비 ● 24

산불 ● 26

바람 ● 28

내일은 소망이 ● 30

하나는/둘은 ● 31

오늘 내가 숨찬 이유 ● 33

그 봄을 생각하며 ● 34

나에게 절실한 그 분 ● 36

너와 나 ● 37

달덩이 ● 38

들꽃 ● 40

망초 ● 42

물이 되어 ● 44

미운 오리새끼 ● 45

바위 ● 46

산을 바라보며 ● 48

새야 ● 49

섬진강을 바라보며 ● 50

어둠 ● 52

어리석은 질문 ● 53

억새 ● 54

연인 ● 56

염원의 길 ● 58

예수님은 좌파다 ● 60

절벽 ● 62

죄와 벌 ● 63

죄인의 꿈 ● 65

주열이 형에게 ● 67

코로나19의 공격을 받고 ● 69

통일의 길 ● 71

하늘은 저렇게 맑은데 ● 73

이참에 우리 빚을 받아내야겠습니다 ● 75

빗속에서 ● 78

판문점의 열쇠 ● 79

만남이 통일이다 ● 80

휴전선의 고뇌 ● 81

우리 아픔을 깨자 ● 82

한 방울 물이라면 ● 84

늦가을에 ● 85

어머니 ● 87

죄인의 꿈

조국 찬가

나는 조국을 노래하다 죽겠다
가슴 저미는 지혜보다
절실한 아픔의 노래를 하나라도 남기고 싶다
저 북녘땅 잃어버린 길들을 샅샅이 걸어보고 싶다
풀숲에 갇힌 작은 실개천 하나도 놓치고 싶지 않다

간계와 타협으로 내준 분열된
그 땅을 노래하고 싶다
얼마 가지 못하는 권력과 부를 탐하려고
두 동강 낸 철길을 따라
내 또래의 그때 그 아이들을 만나러 가고 싶다
설마 기차가 없을지라도
백두산 깊은 숲속에서 간절한 기도를 남기고 싶다
깊은 송림에 기대어 통일의 열쇠를
꼭 하나 만들고 싶다

이기기 위해서라면 진리까지도 거부하고
거짓도 진실로 바꾸어 버리는 슬픈 이 나라
비바람 몰아치면 의지할 곳 하나 없는
비닐하우스에 갇힌 내 나라
그래도 나는 이 땅을 노래하고 싶다

위기를 극복해 나가는 능력을 보고
세계 각국이 찬사를 아끼지 않는 나라
힘의 간섭만 없다면 일 년이면 열 번도
둘을 하나로 만들 수 있는 백성들의 나라
어설픈 인연을 따라 조국을 떠났던 백성들이
돌아와야만 살 수 있다고 믿는 그 나라
나는 내 조국을 노래하고 싶다
죽는 그 날까지 잃어버린 땅을 노래하고 싶다

아버지 당신은 모르지요

아버지 당신은 모르지요
어머니가 얼마나 당신을 그리워했는지
어머니 유품 속에 남겨진 빛바랜 사진 한 장
그것은 바로 당신이었습니다

아버지 당신은 모르지요
어머니가 얼마나 힘들어했는지
그 시절 엄마가 다 그랬지만
당신이 긴 여행을 떠난 후 어머니는 핏덩이 딸을 받은 대신
생살 같은 둘째 아들은
한 마리 나비가 되어 당신처럼 여행을 떠났습니다

아버지 당신은 모르지요
아비 없는 자식이 된 아들이 얼마나 고독했는지
놀림을 받는 날이면 너무 분하고 슬퍼서
혼자 들쥐가 되어 산길을 헤맸습니다

아버지라는 이름이 내 입에서 얼마나 맴돌았는지
당신은 모르지요
단 한 번이라도 불러보고 싶은 이름이었습니다

밤이면 어머니 모르게 이불을 둘러쓰고
미친 아이가 되었습니다

어느 날 밤 내 곁을 떠난 아버지
당신이 가지고 간 것은 옷 몇 벌만이 아니었습니다
당신이 남기고 간 것은 부모와 친구만이 아니었습니
다

당신이 우리 곁을 떠난 것이
신념 때문인지 사상 때문인지 나는 모릅니다
전쟁 때문에 어쩔 수 없는 선택이었는지도 모릅니다

그러나
지금 내가 선택할 기회가 있다면
당신을 선택하겠습니다.
당신의 꿈을 선택하겠습니다
당신을 외롭게 하지 않겠습니다

고질병

(1)
허리 통증이 이제 고질병이 되었습니다
참고 산 세월
한 번도 편한 날이 없었습니다

아파도 아플 새가 없었습니다
허기진 배를 채우느라
평생 안고 살았습니다

대수롭지 않게 여겼습니다
으레 그러려니 생각했습니다
삶이란 그런 것이라고 생각했습니다

지나온 날을 바라보니
날짜 지난 신용카드입니다
내 모두가 정지되었습니다
이제 나도 아닙니다

고명한 전문가의 견본용으로 잠깐 서 있다가
어두운 숲을 굴러다니는
한 마리 달팽이가 되었습니다

(2)
허리에 울타리를 쳤습니다
쇠도 박았습니다
지뢰도 숨겨 두었습니다

똑바로 일어서서 달려가고 싶어
데모로 잠깐 힘을 얻어보지만
철조망 곳곳마다 접근불가 표식이 선명합니다

윗물은 위로만 흐르고
아랫물은 아래로만 흐릅니다
물길은 꼬리를 잡히고 제자리로 돌아갑니다

가끔 피 몇 방울씩
멈추어 탄식합니다
때로는 슬픈 꽃이 되기도 합니다
아픔 대신 절망을 사랑했습니다

(3)

결단을 내릴 때가 되었습니다
속히 수술해야 할 것 같습니다
어긋난 뼈를 다시 맞추고
문드러진 관절을 회복하지 않으면
이제 휠체어 신세를 면치 못할 것 같습니다

그런데 이웃들의 반대가 만만치 않습니다
나의 이웃도 반대하지만
우리의 이웃도 반대합니다
동병상련(同病相憐)인데 아픔을 느끼지 못합니다

아픈 것이 고질병인지
아픔을 느끼지 못하는 것이 고질병인지
구별이 안 갑니다

남을 보다가 나까지 잊은 우리
우리는 남을 사랑할지언정
우리는 사랑할 줄 모릅니다

허리를 곧게 펴고
허리를 곧게 펴고
나를 보고 싶습니다
우리를 보고 싶습니다

그래도 그대는 나의 조국입니다

그렇게 청정한 빛을 내던 당신이
지난 가을 누렇게 변하여
아픔을 호소하던 그 슬픈 얼굴을 잊지 못하겠습니다

폭풍우 밤새 내리치던 날
참 많이도 흔들렸습니다
불편한 관점이 정의로 인정받고
진리라고 여겼던 믿음이
땅바닥에 곤두박질 당하기도 했습니다
동쪽 바다 너머에서 넘실거리는 물결에
치욕을 느끼기도 했습니다
북으로 가는 언덕에서 한참이나 울기도 했습니다

삼팔선을 넘어간 지아비 생각에
단 하루도 편하지 못한 어머니의 얼굴에는
당신의 모습이 선합니다
쭈글쭈글한 주름에 묻힌 핵탄두 하나 쏘아 올릴 갈등에
당신의 애환은 하늘도 바다도 깜짝 놀랍니다

당신에게 제시된 길들은 길이 아니었습니다
그러나 길이 보이지 않는다고 길이 없는 것이 아니라는

것을
　우리 모두 잘 알고 있습니다
　이미 지칠대로 지친 당신이여
　그래도 우리에겐 당신밖에 없습니다

반절의 고백

오늘도 그대를 향한 기도
멈출 수 없습니다
아프지 않은 곳이 없는 나이지만
그대의 아픔을 보고 기도를 멈출 수 없습니다

오늘도 그대에 대한 그리움
멈출 수 없습니다
이제 부모 보고픔은 멈출 수 있다지만
내 속에 살아있는 애끓는 소박한 그 사랑
어찌 멈출 수 있겠습니까

내 이름은 반절입니다
물론 그대 이름도 반절입니다
어느 날 나의 전부를 빼앗아 간
칼 든 무사에게서 나를 찾아왔지만
나는 나의 반절을 분실하고 말았습니다

낮에는 원수였지만 밤에는 그리움이었습니다
얼굴은 돌렸지만 마음은 돌리지 못했습니다

그대는 나를 무너지게 하지만
그대의 뜻이 아닌 것을 압니다
내가 그대를 아프게 하는 이유와
똑같기 때문입니다

물들이 고향으로 다시 돌아갈 수 없겠지만
어찌 그 그리움 다 바다에 쏟아낼 수 있을까요
바람이 소리 없이 다가서더니 지금은 태풍이 되어
내 앞마당에서 회오리치고 있습니다

그대여
오늘 억수로 쏟아지는 빗줄기 속에서
열세 척의 배를 준비한 장군들이
곳곳을 지키고 있습니다
그대도 지키고 나도 지키며

비

네가 그리웠다
나뿐만 아니라 우리 모두가 애가 탔다
원망하기도 했다

이 산천은 먼지만 풀풀 날리고
강들의 녹조는 바다까지 멍들게 하였다
군홧발은 들풀들을 짓이겼다
나라의 비선은
동토(凍土)에 숨은 소망을 죽이기 시작했다
진실을 죽였다
세상은 거짓말이 퉁퉁 불었다

손가락질당하고 심보가 다르면
세상이 다 보아도 눈만 감고
오히려 무딘 칼을 들고
이 땅들에게 칼질을 하였다

풀들은, 꽃들은
하늘을 이해하지 못했다
새순을 내지 못하는 옷을 입고도
부끄러워할 수도 없었다

가뭄들이 모여서 강으로 갔다
광화문으로 갔다
턱없이 작은 불들이 반딧불처럼
밤을 누볐다
새 군홧발이 미처 진화하지 못한 사이
위장된 진실을 파면했다

불들은 하늘을 수놓았다
그들은 별들이고 우주였다
생명이 덩실덩실 춤을 추었다

지금
강들의 무덤도 활짝 열려
부활하기를 소망한다

비야 내려라 진실아 춤춰라
콸콸 내려라 그리고 바다까지 넘쳐라
막혔던 모든 물줄기야 일어나라
막혔던 강들아 일어나라

산불

언제부터인가
깊은 숲에 갇힌 그리움
산짐승처럼 길 없는 길
잊힌 길을 향해
몸부림친다

욕망이 건드린다
아픔도 슬픔도 건드린다
내 안의 그대 향한 불길
툭툭 튀어 오른다
뜨겁게 나를 태우고 세상을 향해 달려든다

초속 30km로 달려도
그대에게 갈 수 없다
고성에서 속초까지
한달음으로 가봐도
그대 만날 수 없다

내 안의 그리움
속속들이 다 태워내고
때론 성난 모습으로 다가간다

아무것도 남아 있지 않을지라도
멈출 수 없다
내 남은 모든 것
자유를 잃는다 할지라도

세상 모든 소방수가 다 나와
나의 진로를 막을지라도
이 땅 권력자가 나설지라도
나는 불덩이가 되어
멈추어 설 수 없구나

바람

나뭇가지의 흔들림이 보이지 않는다고
이 세상에 바람이 없다고 하시겠습니까

지금 바람 한 점 느껴지지 않는다고
저 작은 나뭇잎 속에
태풍이 없다고 말할 수 있겠습니까

한길을 뛸듯한 큰바람 불어
푸르름 다 잃더라도
그래도 나뭇가지에 꿈이 달려 있음은
짐작할 수 있지 않겠습니까

혹시 바람이 불까
새 발자국까지 막았던 울타리에 아무 기미가 없다고
어찌 숨소리조차 숨길 수 있겠습니까

칼날 매섭게 세우고 수많은 밤을 지새우더라도
곧 봄이 오고 꽃이 필 것이라고 누구나 다 짐작할 수
있습니다

지금 이 땅에
아픔이 잠시 머물러 기쁨이 없을지라도
내 눈물을 기억해 줄 수 있는 사람이 어찌 없겠습니까

반란의 바람이 붑니다
동토의 땅에서 그물에 갇혀있던 새들이 일어나
자유를 부르짖습니다

땀방울까지 도둑맞았던 슬픈 삶
어둠의 거리에서 촛불을 들고
큰 바람이 되었습니다

누구나 다 알고 있어도 숨소리조차 숨기었던 내 사랑
목이 쉬도록 애절하게 그리워합니다

내일은 소망이

내 뜨거움을 비우지 못하고 오늘도 뒤척인다
밤새 붉게 달구어진 소망에 부르르 몸을 떤다
내일 해가 뜨면 통일이 온다는 그 소식 기다리며

창문 밖 달그림자 지키며 눈가 진물 닦아낸다
설렘 속의 내일 아침에는
푸른 싹이 돋아나겠지
꿈들이 꿈틀거리며 거리마다 일어나겠지

지금도 다시 만날 수 없는 아픔
하나하나 그 그리움을 다 연결하면
새 땅이 되겠지
새 하늘이 되겠지
천국은 아닐지라도 쩍쩍 갈라진 안타까움에서
작은 물줄기 솟아나겠지

한강의 물줄기를 타고 임진강으로 한탄강과 대동강을 넘고
다시 한강으로 돌아온 물결
휘몰아칠 때마다
내려놓을 수 없는 꿈
내일 아침에는 하늘에 무지개 환히 피겠지

하나는/둘은

하나는

우리는 하나의 덩이
아리랑만 들으면
덩실덩실 춤을 추고
같이 웃기도 울기도 했다
산이나 바다를 건널 때도
나누어지지 않았다
긴 긴 물결이었다

칼잡이가 총잡이가 되어
이 땅 곳곳을 사냥할 그때도
백성의 마음을 훔친 자들의 배신이
흰 저고리 앞섶을 피얼룩으로 물들게 해도
이 강토에는 만세 가득했다

둘은

어느 날
백두대간의 척추가 무너지고
산짐승들도 철조망을 차마 넘지 못했다
화음이 깨져 더 이상 같이 노래를 부르지도 못하고
임진강 나루터에서 미움만 키웠다
그렇게 둘이 되었다

우리는 사랑하는 방법이 달랐다
사랑을 위하여 새 무기를 만들고
평화를 위하여 자유도 양보했다
속 검은 자들에게
우리가 서로 고개를 돌릴 수밖에 없었다

그들이 우리 등골을 빼먹을 때
우리는 게걸음으로 온 땅을 기어 눈치를 보다가
우리의 연애는 번번이 헛것이 되었다
지금은 울지도 못한다

오늘 내가 숨찬 이유

오늘도 내가 숨찬 이유를 당신은 아시나요
아무리 달려도 당신께 갈 수 없기 때문입니다
걸어서 가더라도 불과 며칠이면 될 것을
수천 날을 달려도 만날 수 없습니다

오늘 내가 가슴 아픈 이유를 당신은 아시나요
당신을 만나고 싶다는 그 일념 하나만으로
나의 생각은 수만 가지로 갈라져
그대에게 줄 투표가 철철이 다르고
내 사랑하는 이웃도 미워졌습니다
지난 설날에는 부모 자식 간에 한바탕 싸우고
아픔만 가득 안고 헤어졌습니다

가고 싶은 데로 가고 싶습니다
들녘 가득한 수많은 새떼 되어
소리 소문도 없이 만나고 싶습니다
차가운 겨울바람 속이라도 뜨거운 입술 내밀어
당신을 온몸으로 받아들이고 싶습니다

그 봄을 생각하며

지금은 울고 싶어도 내 가슴에 울음이 남아 있지 않습
니다
봄만 되면 친구들 얼굴이 아지랑이 되어 빙빙 돌았습
니다
사친회비를 못 내서 학교에서 쫓겨날 때
집에도 못 가고 골목을 누비며 울고 또 울으며

구경 삼아 형들 뒤따라 가다가
경찰서 가서 죽을 만큼 맞고 집으로 돌아가던 아 그 봄
지금은 내 가슴에 울음이 남아 있지 않습니다

슬픔이 아픔이 무엇인지도 모르고 살았습니다
분노가 무엇인지도 모르고 살았습니다
아니 분노조차도 포기하고 살면서
내려놓았다고 말하였습니다

그러나 요즈음 시도 때도 없이 차오르는 분노에
살 떨리는 봄을 살고 있습니다
짓밟힌 수많은 꽃이 내 안마당에 가득하고
옆구리 깊이 파고드는 총소리에 새들조차 숨어버렸던
그 봄

그 봄에 죽지 못하고 살았던 내가 죄인이 되어
지금 나는 길섶에 내동댕이친 앉은뱅이꽃
빨갛게 울지만 그래도 가슴에는 눈물은 남아 있지 않
습니다

나에게 절실한 그 분

내게 절실한 것은 당신뿐입니다
당신이 나를 키우고 가르쳤기 때문입니다
생각해보면 당신이 나의 어머니시고 선생님이십니다
아니 당신은 나의 머슴이었습니다
도시에서 공부하는 나에게 핫바지를 입고 홀연히 나타난
당신은 나의 땅이었습니다
내가 당신을 잊은 날이
잊고 싶었던 날이 얼마인지 모릅니다
그러나 나는 언제나 당신 안에 있었습니다
당신은 나의 모든 것이었습니다

우리의 어려움이 무엇이겠습니까
바로 당신보다 남의 아버지를 더 크게 여기고
당신을 잃어버리는 것이었습니다
형제를 잃은 것도 대수롭게 여기지 않고
오히려 저주하고 종으로 여기는 것이 아니겠습니까

누가 당신을 비유해서 모국이라고 말할 때
당신은 나의 완성이고 나의 참모습을 발견하게 되지 않
을까 합니다
당신이야말로 나의 참 어머니십니다

너와 나

돌이켜 보자
우리가 왜 싸우는가
미워서 싸울까
아닐 것이다
더 큰 세상을 꿈꾸기 위하여
생각을 달리할 뿐이다
설령 내가 지더라도
이 땅이 거룩해지기를 바란다
내가 비록 이기더라도 너를 미워하지 않기를 바란다
내 손갈퀴로 긁어모은 세월
다시 이 땅에 서러움이 오지 않기를 빈다
내 뜨거움이 꽃이 되지 못하더라도
네 꿈이 활활 불꽃이 되지 못하더라도
너는 바로 나이고 나는 바로 너이다
균열된 들판에 구멍이 생기더라도
그 속에서 용암이 뜨겁게 솟아올라
우리 새롭게 피어나자
들풀 가득한 들녘
꽃향기 넉넉한 세상이 되게 하자
우리는 수천 년 넘게 같이 하지 않았더냐
나는 너이고 너는 바로 나이다

달덩이

어둠이었다
빈손이었다
아무것도 가지지 못했다
뼛속 깊이 저미어 오는 슬픔과 아픔으로 살았다
배고파 새경 쌀 네 가마 반에 몸을 팔고 눈물까지 먹었다
그때 우리 동네 어린아이 하나는 피죽도 못 먹고 구름이
되었다

자식이 웬수지
어머니는 한 사발 물로 빈속을 채우고
우리는 술지게미를 먹으며 비틀비틀 학교에 갔다
우리는 조금씩 조금씩 빛을 가졌다
어둠 속에서 우리는 눈부신 달덩이를 꿈꿨다

생각해보면 우리는 비겁하지 않았다
그 어떤 고문도 두려워하지 않았다
별다른 이유 없이 죄인이 되어도
절대 무릎을 꿇을 수가 없었다
달덩이를 가슴에 품고 살았기 때문이다

우리가 품었던 달덩이가 다시 어둠으로 돌아가는데

이제 우리는 무엇을 할까
배고픔을 어떻게 견딜까
저 힘 좋은 나라가 우리에게 새경은 줄까
어릴 적 잃어버린 아버지는 찾아 줄까
아, 우리는 다시 새로운 달덩이를 품어야 한다

들꽃

(1)
네가 있었는지도 몰랐다
네가 말하는지조차 몰랐다

내가 가는 길에 너를 보지 못했다
나는 너를 알아보지 못했다

나를 위하여 무수히 일어나 박수를 보내고 있는지 몰랐다
나를 위하여 기도하고 있는지 몰랐다

(2)
나는 너로 인하여 태어났다
너와 같이 살았다
너는 나의 부모였고 고향이었다

우리는 작고 보잘것 없었지만
개의치 않았다.
내가 너를 사랑하고 네가 나를 사랑한 것이 아니라
우리는 그저 우리를 사랑했다

우리는 순수였고 청결이었다
꿈이었고 그리움이었다

(3)
나는 너를 생각지도 못했다
내 그리움 속에 네가 있는지를

내가 너를 잊은 동안
내 속 가득한 드넓은 벌판 속에
형형색색의 모습으로 수없이 피고 진 수많은 꽃

지금
무수히 일어나 촛불을 쳐들고 나를 탄핵하고 있는
너를 본다

너를 돌아보지도 못했다
나는 너를 기억하지도 못했다
네가 있었는지조차 몰랐다

망초

누가 너를 찾겠느냐
누가 너를 알아 주겠느냐
이쁜 구석 하나 없는 꽃
누가 너를 꺾어 사랑 고백하랴
이리저리 발길에 차이는
꽃도 아닌 하찮은 잡풀

어느 꽃이 바람에 흔들리지 않는 꽃이 있겠냐마는
조금만 바람 불어도
단 한 발자국도 멈추지 못하는 너무너무 힘없는 꽃

그러나 너보다 흔한 꽃이 어디 있겠느냐
산에도 들에도 골목길에도
아니 우리 집 울안에도 네가 없는 곳 없다

너보다 슬픈 꽃이 어디 있겠느냐
나라가 망하던 해 이 땅에 피기 시작했다고
망초라고 했다는데 이름조차 아프구나

오늘 너를 닮은 자들을 만난다
거리에서 직장에서

소리소리 외쳐 보지만 듣는 자 없는
네 이름은 망초

오늘도 너는 춤을 춘다
바람 따라 흔들린 단 몇 걸음의 자유뿐이지만
멈출 수 없어 춤이 된다

삶이 있는 곳곳마다 자생하며
촘촘히 떼를 지어 계절을 지키는 자여
망초 너야말로 진정한 이 땅의 주인이구나

물이 되어

우리는 왜 물이 되어 흘러가지 못하는가
흘러가면 될 것을 꼭 올라가려고만 하는가

때로는 돌고 돌며 소용돌이쳐 곤두박질쳤던 길
욕심 하나 비우면 나비가 되고 새가 되는 것을

수만의 목소리로 울부짖더라도
잔뜩 오그려 쥔 손 펴기만 하면
잔잔한 물결이 되는 것을

깊은 땅속에서 갇힌 한 방울의 물이라도
결국은 시내가 되고 강이 되는 것을
왜 우리는 저 물이 되어 흘러가지 못하는가

미운 오리새끼

네가 백조인 걸 누가 모르리
세상은 다 알고 있다
너만 모르는 네 아름다움
그래서 더욱 아름다운 미운 오리새끼여

변변치 못한 차례가 돌아와도 말 한마디 제대로 못해
얼마나 슬펐느냐
날마다 밟히는 그 열등감에 몇 번이나 죽을 결심을 돌
이켰느냐

저 무리들 속에 무슨 정의가 숨어 있겠느냐
비상도 모르는 저 오리떼들 속에 내일이 살아 있겠느냐
빽빽빽 억지소리로 약한 생명을 질타하는 저 소리에 무
슨 진리가 있겠느냐

너를 향한 찬사가 지구 곳곳을 돌고돌아 가르침을 원하
는 지금도
여전히 버림받는 슬픈 오리새끼여
피울음 쏟으며 한바탕 울어보자

바위

폭풍우 내리칠 때
네가 있었다
이 땅의 이름이 바뀔 때도
네가 있었다
고함 소리 파도 타고 넘치는 날도
네가 있었다
그 시련을 다 당하면서

네 몸에 샅샅이 기록되어 있다
네 삶의 지문이 또렷하게 드러나 있다
짠내 비린내 머금고 균열된 네 모습
그날의 일들이 옳은가를

촘촘한 그물망에 걸린 물고기가
팔짝팔짝 몸부림칠 때
똑같은 그물망에 바람되어 빠져나간
그 귀신 같은 까마귀 떼들
검으티티한 네 얼굴만 봐도 눈에 선하다

얼마나 채찍과 몽둥이에 당했으면
네 모습 그럴까

계략과 음모에 빠져 쇠사슬에 닫힌 모든 의문부호를
어떻게 끝을 낼 수 있을까
그날에 있었던 무리들이 사람이었을까

내면 깊숙이
고함지르는 소리를 들어보리라

산을 바라보며

당신이 그렇게 거대한 함을 지닌 줄 몰랐습니다
지난 겨우내 바위 틈새 사이로
앙상하게 뼈만 드러낸 채 서 있는
나무들을 보고 깊은 꿈을 꾸었던 새들은
가슴이 찢어졌습니다
다정한 사람들 다 떠나보내고 쓸쓸히 버려져 있는
당신을 보고 너무 슬펐습니다
한 푼의 인정도 없고 목숨을 걸었던
사랑까지도 매정하게 다 버렸던
당신의 모습에 절망도 했었습니다
그러나 하늘에 맞닿아 있는 울창한 숲이 숨어 있는지
미처 생각도 못했습니다
당신의 품속에 세상이 다 들어 있는지
짐작도 못했습니다
잔뜩 얼어붙었던 이 강산 도처가
길이 될 줄 어찌 알았겠습니까
그렇게 알고 싶었던 당신의 마음을
이제 확연히 깨달았습니다

새야

새야
나도 날고 싶다
자유로이 훌훌 날고 싶다
높은 하늘에 올라서서 멀리멀리 보고 싶다
그리움도 버리고 날아오르고 싶다

강따라 날고 싶다
물살이 되어버리고 싶다
아직도 가진 것 세월에 맡기고
거침없이 흘러버리고 싶다
한 번 솟구칠 때마다 한 번씩 죽고 싶다

산따라 가고 싶다
몇 번씩 다짐했던 큰 결심도
머릿속 굽이치는 혼란도
이제 다 놓아버리고
깊은 산이 되고 싶다

지금도 날 노리는 화살촉
두려워하지 말자
비록 땅에 떨어진 한 마리 새가 되더라도
가슴 속에 숨은 뜨거운 사랑을 노래하고 싶다
자유롭게 부르짖고 싶다

섬진강을 바라보며

너희들은 흘러가서 좋다
수초 사이를 숨바꼭질하는 네가 좋다
작은 돌 틈 사이를 유연하게 넘나드는 그 몸놀림이
꼭 작은 물고기 떼들이다
옥정호에 잠시 머물기도 하지만
남녘 땅을 두루두루 적신다

너희들이 하나가 아닌 줄 안다
데미샘에서도 왔고
대두산에서도 왔고 오수에서도 순창에서도
덕치에서도 온 줄 안다
각기 다른 길에서 왔지만 서슴지 않고 하나가 되었다
그들은 고향도 묻지 않았고 색깔도 따지지 않았다

가는 길에 손도 놓지 않았다
바위를 넘을 때도 깊은 계곡을 넘나들 때도
그렇게 폭풍우 몰아붙여도 손을 놓지 않았다
옥과에서 와도 수지에서 와도 두 손 꼭 잡아 주었다

처음에는 너무 작았다
단지 한 방울이었다

골짜기 골짜기를 같이 가는 동안 내(川)가 되었고
결국 강이 되어 내 앞에 나타났다

가는 길에 고집도 부리지 않았다
물살을 탄 수많은 부딪힘
나는 네가 되고 너는 내가 된다
물은 또 다른 물이 되고 강은 새 강이 된다

섬진강 변에서 넋 놓고 너희 바라보다가
나 혼자 한 방울의 물이 된다
아니 섬진강이 된다
바다가 되고 나라가 된다
이 강가에 살고있는 사람들처럼

어둠

눈을 크게 뜨고
나를 본다

고장난 세월을 보낸 나
눈에 뵈는 게 없다

때 잃은 괘종시계가
익숙하지 않은 손으로
내 지난 시간을 더듬거린다

얼굴에 먹칠한 포수가 가로막고
지긋지긋하게 나를 사찰했다

이미 나한테 늘어붙어 있는
또 하나의 나
너 암이여

단 한 번도 제대로 본 적 없는
네 얼굴 보고 싶어
눈을 크게 뜨고
나를 본다

어리석은 질문

지금 봄인데 DMZ에는 꽃이 피었을까
철책 부근의 연못가
올챙이의 앞다리가 나왔을까
그나마 사람들이 살고있는 저 판문점에 미소가 살 수 있을까
알 수 없는 일이다

북은 나라가 달라 알 수 없고
남은 또 국가 기밀이라 알 수 없지만
남도 아니고 나도 아닌 저 땅
저곳에는 봄이 있을까

우리가 시험을 만날 때마다 확실한 해답은 내지 못했지만
속은 다 알 수 있었지
그래도 어리석은 결론만 저질렀던 우리의 계절
또 한 해를 울음으로 보내야 하는가

손주가 만든 종이비행기 수십 대
쉬지 않고 하늘 높이 띄우며
격추되지 않기를 기도한다
가짜로 위장된 진실이 무성하기를 기도한다

억새

늦은 겨울 삼천[1] 둘레길
억새가 바로 서지 못하고
허리 깊숙이 흔들리며
내 이름을 자꾸 물어본다
네가 누구냐는 그 질문 앞에
지나온 길에 남겨둔 것 하나하나 돌이킨다

내 눈이 퉁퉁 붓도록 그렇게 붙들고 울어야만 했던 것
밤을 지새며 그리워했던 그 사랑
어느덧 나는 억새, 갈등의 춤바람 아픈 속내를 시커멓게 태운다

강둑의 무수한 초병 되어 굽이굽이 내리치는 천 년 물결의 사랑
단 한 번도 타협없이 아픔을 안고 갔던 흔들림이여
지난 겨울 태풍에도 자신을 지켰던 그 절제여

그들은 이 땅을 지켰던 진정한 민초들이 아니었던가
그 사랑초가 아니었던가

지금 너를 밟고 일어섰던 나를 본다

내 것을 만들기 위하여 내 것을 지키기 위하여
사랑을 변절한 자가 내가 아니었던가
죄인이 되지 않았던가

내 작은 자유를 나무라는 저 삼천의 억새여

―――――――――――

1) 삼천 : 전주시를 흐르는 하천

연인

너와 내가 잠시 떨어져 있다고 해서
어찌 사랑하지 않는다고 할 수 있겠느냐
오히려 눈을 감으니 보이는 게 더 많고
나에게서 잠을 가져가니 온전한 네 생각에
사랑이 뭔지 비로소 알게 되었다

원래 우리는 하나였다
내 뼛속에 네가 있었고
너는 내 아담이었다
너는 내 하와이기도 했다
눈이 뒤집혀 짐승을 택한 우리
너와 나는 서로 간신이 되었다

고무풍선 속에 희망을 가득 띄우고 방황하기도 했다
로켓 속에 그리움을 띄우기도 했다
길이 바로 턱밑인데 비린내가 진동한다

볼 수 있는 날보다 보고 싶은 시간이 더 많아
동네 어귀에 서성이는 장승
그 눈은 좌우로 찢어져 보기 흉하고
엄마 아빠가 밤마다 꾸었던 꿈들이

오늘은 내 꿈이 되어 꿈결에 몇 번씩
벌떡벌떡 일어나 너에게 간다

염원의 길

아버지가 가셨던 길
혼자 짐작하며 가본다

몇 걸음 못 가서
끝을 내셨지만
나는 그 끝에서 길을 둘러본다

어버지께서 좌절했던 곳
그러나 뒤돌아서지 아니했던 곳
내 바로 앞은 철책뿐이다

수천 개의 권력이 손가락질하여도
비상을 멈추지 못했던 그 길에서
왜 당신은 총탄에 떨어진 새가 되었는가

당신의 흔적을 더듬으며
이를 악물고 다짐하다가 앞니 송두리째 잃을지라도
당신 가신 길에서 길을 묻는다

깊어간 갈등의 고리를 풀어낼 수 없는
산길의 비밀 속에 내가 갇혀 있을지라도

난 기필코 풀어내리라

어린 날 아비 없는 호래자식이 되어 펑펑 울던 추억의
길에서
막혔던 염원이여 길이여

예수님은 좌파다

예수님은
소외당한 문둥병자를 치료해 주셨다
단 한 걸음도 걸을 수 없는 중풍병자도 일으켜 걷게 해
주셨다
눈이 멀어 암흑 속에 사는 자들에게도 세상을 보게 해
주셨다
불평등 당하는 자들을 대변해 주셨다
간음하다 현장에서 잡혀 온 여인을 구원해 주셨다
마땅히 돌을 던져 죽여야 하지만 그를 불쌍히 여기셨다
그는 좌파였다

법을 잘 지키는 청년이 예수님께 영생의 길을 물었다
예수님은 그를 대견히 여기시기고
네가 가진 것을 어려운 이웃에게 다 나누어주라고 했다
그는 예수님을 따르지 못했다
기득권을 양손에 가득 쥔 그는 그 어떤 것도 포기할 수
가 없었다
예수님은 좌파였다

예수님은
부패에 빠진 세상에 채찍을 휘둘렀다

바리새인들을 향해 독사의 자식들이라고 외쳤다
억압당하는 자들을 지키기 위하여
결국, 서른세 살의 나이로 십자가에서 처형당했다
정의를 잃어버린 우리를 찾기 위하여 죽음을 택했다
그는 좌파였고 민족주의자였다

오늘 저녁을 먹고 식곤증에 잠깐 잠에 빠졌다
내 아내가 코를 너무 심하게 곤다고 한다
내 코골이를 의식하지 못하는 나는 '내가 무슨 코를 고
냐?'고 했다
나는 지금도 내가 죄인인 것을 생각도 못한다
아직도 가진 것이 너무 많은 나에게
예수 그는 내가 죄인임을 고백하기를 촉구한다
예수님은 좌파였다

절벽

그렇게 변할 수 없더냐
당신에게 달려간 세월이 얼마더냐
잠시도 쉬지 않고 십수 년을 매달려도
당신은 지금도 그 자리에 있구나

그것이 정의이더냐 그것이 사랑이더냐
파도를 몰고 골목골목
당신에게 달려간 뼈저린 고백
귀를 열고 들어줄 수 없단 말이냐

모든 문을 막고 버티고 서서
철저히 지켜온 세상

산바람 강바람 바닷바람 모두 일어나도
때 잃은 철새들만 자지러지는구나

죄와 벌

하늘을 어떻게 둘로 나눌 수 있을까
오늘도 철철 넘치는 저 강을 어떻게 막아 둘로 만들 수
있을까
처음부터 하나였던 이 땅을 어떻게 쪼갤 수 있을까

아내가 둘인 아버지와 남편이 둘인 어머니
끝내 홀로 된 부모를 모시고 살 수밖에 없는 자식
그들은 면발치에서 아픈 사연을 부여잡고 얼마나 울
었을까

하나가 되자고 몇 번이나 맹세한 지도자들은
좌파가 되고 조롱거리로 전락한 땅
참되게 살려고 노력할 때마다 책상 두드리는 소리에
경기를 하며 잠을 빼앗긴 자식들
이게 누구의 죄인가

죄가 벌이 되어 월경한 짐승까지도 처단하는 너 이 땅아
다 이게 누구의 죄란 말이야

수십 년 동안 땅덩이 곳곳을 수탈한 그들까지 신처럼
모시고

우리 형제의 가장 아픈 곳을 찔러 두 동강을 낸 그들에게
비굴한 웃음을 짓는 이 산하
이곳은 그들의 사창가가 되었다

남의 국기를 들고 대통령을 탄핵하는 자들이여
자유를 부르짖는 젊음의 피를 먹고
권력을 잡은 짐승을 그리워하는 자들이여
이 땅은 너희들 목소리에 소름 돋는 이야기들이 가득
하다

다 내 죄이지
다 내가 받아야 할 벌이지
통통 가슴을 두드리는 어머니 모습이 선하다
오늘은 참고 참았던 울음을 쏟아내고 실컷 울어야겠다
내 눈물이 막혔던 강들을 시원하게 뚫어버려야겠다

죄인의 꿈

철없을 때
엄마께
'울 아버지 어디 갔어?'
물어보면
미국 돈 벌러 갔다고 하셨다

이제 철이 들어서
엄마께 물어보지 않아도
북에 가신지 알게 되었다
북한에 간 것이 죄가 되는지도 알게 되었다

아버지와 함께 간 친구는
감옥서 한평생 보냈다
그래서 울 아버지가 죄를 졌다고 생각했다

나는 죄 지은 것 없는데
아버지따라 덩달아 죄인이 되었다
북에는 죄인들만 사는지 알았다

그렇게 한평생 다 보낸 지금
우리 대통령은 죄인들과 자주 만난다

심지어 트럼프도 죄인들과 몇 번이나 만났다
죄인들의 수는 점점 늘어난다

나도 흔적도 없을 울 아버지 만나러
죄인들의 나라에 가고 싶다

요즈음 나는 죄인이 되는 꿈을 꾼다
그러나 꿈속에서조차 철책을 넘지 못하고
절규하는 꿈을 꾼다

내 꿈 이루어질 차례를 기다리며

주열이 형에게

　주열이 형
　밑바닥까지 썩어버린 정권에 의하여 차가운 바다에
던져진 형
　형은 더러운 세상을 보고 싶지 않아 눈에 최루탄을 맞
은 것은 아닌가요

　당신의 어머니께서 마산 곳곳을 돌아다니며
　"우리 아들 못봤소, 우리 주열이 못봤소"
　그 다급한 목소리가 지금 내 가슴을 울리고 있소

　"주열아, 주열아"
　이 통곡이 마산을 깨웠고
　온 백성들이 형의 그 감은 눈을 보고 비로소 눈을 떴다오

　주열이 형
　형의 어머니가 봉두난발하고 마산을 두드릴 때
　마산만 깨운 게 아니었소
　무뎌진 양심들이 무덤에서 일어나서
　열일곱 살 난 당신을 따라잡기 시작했다오

　가마니 한 장에 누인 형은 죽어서

부정선거가 무엇인지 독재가 무엇인지
민주(民主)의 가슴에 뜨거운 불을 질렀소
결국 권력에 찌든 늙은 대통령에게
백성들의 힘이 얼마나 매서운지 알게 해주었소

주열이 형
형은 나에게도 민주주의는 몰라도 정의가 무엇인지
알게 해주었소
부정과 부패를 내 흐린 눈으로 다 못 보아도
진실만은 지금 우리들의 가슴에 힘차게 뛰고 있다는
사실도
비로소 느끼게 해주었소

주열이 형
형만한 아우 없다는데
앞으로 형 같은 사람은 없을 것 같소
아니 설령 있다 할지라도 형의 어머니는
이 땅에 다시 있을 것 같지 아니하오
주열이 형
나는 오늘도 형을 죽인 세상에 살고 있지만
형의 동생들에 대한 꿈을 놓지 않고 있소

코로나19의 공격을 받고

우리는 오늘
시커먼 저녁 하늘을 바라보며
내일 아침에는 파란 하늘을 볼 수 있을까 염려한다
현미경으로도 확인하기 어려운 미생물 코로나19가
이 땅 곳곳을 침범, 가장 위험한 정복자로 왔다

너는 우리의 공상 속에서만 살았다
현실은 될 수도 없고 가능하지도 않게 여겼던 너
그러나 너는 이 땅 곳곳을 침략했다
청결 지역 그 어디도 남겨두지 않고
죽음의 바람을 일으켰다
믿음도 저버리고 의리도 넘어섰다
특히 가짜 십자가를 무수히 내리쳤다

우리는 도시 한복판을 관통하는 시냇물 속에 폐수를
숨기고 살았다
겉은 멀쩡하지만 속은 시궁창 같은 우리들의 삶
이것을 진실이라고 우기며 거짓을 추구했던 일상 속에
너는 악취도 그림자도 없이 다가와 우리를 죽이기 시
작했다
오늘은 물론 내일조차 예측할 수 없는 변곡점을 바라

보면서
　죽음의 그림자가 다 지나가도록 통곡 소리 애절하다

　우리가 대적할 수 있는 것은 오직 입을 다무는 것이다
　내 입속에 가득 담긴 가짜를 버리고 진실로 돌아서는
것이다
　이 세상을 살리는 길은 내 이웃에게 돌아서서 잘못된
사랑을
　돌아보는 것이다

　꽃들이 작은 불을 켜고 나약한 뿌리를 내리고 있는 봄은
　아직 깊은 추위 속에 숨겨져 있지만
　코로나19여
　너는 결국 어둠의 길로 갈 수밖에 없을 것이다

통일의 길

칼바람이 붑니다
안개는 자욱하고
길은 끊겼습니다
아무에게도 갈 수 없습니다
분명 사람 흔적 희끗희끗한데
손 한 번 잡기 너무 힘이 듭니다

나에게서 시작된 바람일 리 없고
그대에게서 시작된 바람도 아닐텐데
바람은 내종 되어
깊숙이 자리잡았습니다
새 옷 하나 덧입고
그대 앞에 다가서도
그대 수척한 나 알아보지 못하고
나 또한 그대 손짓 눈치채지 못합니다

그대에게 가고 싶어 몸부림친 바보 같은 사내
아버지와 아들은 고문당한 흔적에 몸서리치고
오히려 이웃은 배신자로 낙인을 찍었는데
지금은 불쑥 커버린 저 손주 녀석이 눈치챌 수 있을까

가끔 바람 그칠 때
목놓아 통곡하건만 만날 수 있는 길
흔적 하나 느낄 수 없고
지금은 너무 멀어져 버린 그리움
목소리 날을 세워 메아리 한바탕 듣는다

하늘은 저렇게 맑은데

하늘이 저렇게 맑은데
그날은 피비가 내렸다
검붉게 엉킨 피가
다음 날이 되어도 그 다음 날이 되어도
미처 굳지 못하고 거리를 적시었다

사십 년이 지난 오늘
하늘은 저렇게 맑고 깨끗한데
아무 이유도 없이 죽어간 원혼들의 피냄새가
그 도청 분수대를 뚫고 치솟아 오르는
아 아픔의 분노여

광주여
당신들은 백성도 아니었다
당신들은 영문도 모르고 무장간첩이 되어
민주를 태극기가 찢어지도록 부르짖었지만
탱크는 당신들의 심장부를 넘었다
총칼은 분별력을 잃고 자유를 난도질하였다

서울서도 부산서도 입 다물었는데
광주여 당신은 왜 일어섰는가

두 눈 꼭 감고 있으면 될 것을
그냥 가만히 있어도 될 것을
무엇을 위해 때아닌 낙엽이 되었는가

하늘은 저렇게 깨끗한데
위르겐 힌츠펜터는 헬기에서 일으키는 큰바람 속에서
죽음을 잡아냈다
담양 가는 골목도 막힌 어둠 속에서 진실을 찍어 기어
이 세상에 알렸다

하늘은 저렇게 맑은데 왜 우리의 가슴은 답답한가
광주여 당신은 지금 억울하지 않은가
지금도 왜곡된 자유로 광주를 향해 쏘아 올리는 대포
소리가 내 귀에 쟁쟁하다

이참에 우리 빚을 받아내야겠습니다

우리 다 아는 이야기지만 내 자식을 위해서라도 꼭 짚
어보고 싶습니다

연합군이 세계대전에서 승리했을 때 우리나라가 딱
두 동강이 났습니다

패전국은 대한민국이 아니고 일본인데 왜 우리 땅에
삼팔선이 생겼죠?

우리를 지배했던 패전국 일본이 원했던 것이었던가요

우리 백성들의 깊은 생각이었던가요

아니면 다른 힘 있는 자의 절대적 개입이 있었던 것은
아니던가요

그런 자가 존재한다면 용서하면 안 됩니다

세계대전이 끝난 후 일제에 붙어서 매국한 자들이 있
었습니다

그들은 우리의 피와 살을 난도질한 변절자들이었습니다

배고파 너무 얇아진 내 뱃살까지도 철저히 갈아먹었
던 저 송충이 떼

그들은 당연히 심판을 받아야 하지만 우리 핵심 권력
기관에 앉아서

우리의 지배자가 되고 심판자로 나타나서

독립운동자들을 범죄자로 둔갑시켰고 날마다 죽어가

는 모습을 보고 살았습니다
   그들은 권력자로만 남지 않았습니다
   사악한 재력에 정치가 되어 군사정권에 힘을 실어주
고 자칭 나라를 지키는 보수가 되었습니다
   제 혼자만의 생각입니까
   이참에 우리 빚을 받아내야겠습니다

   자유와 민주가 그리워 골목길을 드나들던 그 시절
   일제로부터 독립운동하던 꼭 그 모습 그대로였습니다
   배고픈 자들, 나약한 자들의 삶을 도적질하던 그들
   그들은 한 맺힌 목소리로 울부짖는 여린 생명들을 보
았을 것입니다
   군정의 폭거에 항의하며 붉은 피를 토하는 열사들의
거친 숨소리를 지긋지긋한 군홧발로 짓밟던
   그 모습을 보았을 것입니다
   그들이 이 땅을 지키기 위하여 우리 땅에 있다면 그들
을 어찌 고발하지 않을 수 있겠습니까

   이 땅을 지키는 자는 그들이 아니라는 것을 우리는 다
압니다
   우방이니 혈맹이니 하면서 70년도 넘게 우리 땅에 뿌
리 박은 군대와 그 시설을 위하여 우리는 상상도 할 수

없는 주둔비를 착취해 가고 있습니다

　우리나라 어린 학생들이 세계에 빛낸 수학 실력을 그들은 모르는 것 같습니다

　지금 상식 밖에 서 있는 그를 용서해서는 안 됩니다

　코로나19에 대처하는 정부나 국민들을 보세요

　어느 나라가 선진국입니까

　어느 나라가 나라다운 나라입니까

　우리 잃어버린 땅도 자유도 나라도 이참에 꼭 찾아야겠습니다

　사랑은 우리의 꿈과 희망이 되기를 바랍니다

빗속에서

비가 가득하게 내렸다
산불 뜨겁게 가득했던 그 봄
산도 들녘도 골짜기에도
쏟아져 내리는 그 빗줄기
억세게 벼랑끝을 타고 내려
세상이 파랗게 변하던 그 날
세상이 온통 길이 되었다
강도 되고 바다도 되고 산도 되었다
나약한 자들의 하늘도 되었다
그 비는 나에게도 힘차게 쏟아져 내렸다
내 가진 것 언제 말라 없어질 웅덩이인 줄 알았지만
내 길들 사방에서 터져 흐른다
나 또한 길이 되고 무엇이든 된다
꽉 막혀 냄새 가득 풍기던
수채 구멍에서 꿈이 뻥뻥 뚫린다
아픔과 피가 맺혔던 그 고름 같은 삶에서 폭포가 거꾸
로 솟아오른다
감당할 수 없어 잊어버리기로 작정했던 추억
단 한 번도 정착할 수 없었던 그 길에서
나를 돌이켜 길이 되어 본다
스스로 뛰어들려고 수없이 결심했던 철길을 바라보며
아직도 감당할 수 없는 눈물 길을 따라
길이 되어 나를 찾아간다

판문점의 열쇠

북으로 가는 문
판문점에 선 난 하얀 민들레꽃
백 리도 천 리도 하얗게 날아오르지만
문틈에 낀 서류 한 장으로 남아
저 짙푸른 하늘만 본다
소월 시인의 노래처럼 약산에는 진달래 만발하겠지
연두색 숲 사이에 대동강 물결 타고 연인들 입술 부딪
히며 나비가 되겠지
민들레가 된 나처럼 하얗게 부서지겠지
가슴까지 부서져 그냥 꿈이 되겠지

남으로 가는 문
판문점 북쪽에 서서
판문점보다도 더 큰 열쇠를 만들어
아무리 약속해도 실현할 수 없는
남쪽보다 더 높은 하늘을 향해 큰소리 외치겠지

오늘 판문점 앞에서 아픈 문을 무너뜨리려
열쇠를 만들고 또 열쇠를 만들었다
내 심장 속 수십 개의 복사본
아무리 맞춰봐도 열리지 않지만
그래도 절대 포기하지 않으리

만남이 통일이다

통일은
너와 내가 하나가 되는 것을 의미하지 않는다
한집안 식구라도 하나 될 수 없는 걸
벌써 칠십 년도 넘게 편지 한 장 띄우지 못했는데
어찌 우리가 하나 될 수 있을 것인가

통일은
너와 내가 한목소리로 노래 부르는 것을 기대하지도
않는다
태어날 때부터 목소리가 다르고
같이 만나 연습 한 번 하지 못했는데
어찌 고운 화음을 낼 수 있겠는가

통일은
남북 대표가 운동선수가 되어
다른 나라와 힘과 능력을 대결하는 것을 의미하지 않
는다
통일은 세상에 우리를 드러내는 것이 아니라
아직 알지 못하는 서로를 이해하는 것이다
다만 너와 내가 만날 수 있다는 것
생각과 마음이 달라 얼굴 붉히고 큰 소리를 내더라도
만날 수 있는 그것이 통일이다

휴전선의 고뇌

나는 그대를 잊으려고 해도 잊을 수 없습니다
그대에게서 받은 상처
세월이 다 가도록 남아 있는데
그래도 그대를 잊을 수 없습니다

나는 그대를 사랑하지 않으려 해도
사랑하지 않고는 배길 수 없습니다
할아버지에게서 받은 그 핏줄기가
어디로 흘러가겠습니까

오늘도 반은 굽은 허리
깊은 장애를 견디지 못하고
베를린 장벽 무너지는 소리를 질러봅니다

휴전선에 붙어사는 저 지긋지긋한 분쟁이
한바탕 굿판을 벌였습니다
평화를 요란하게 외치고도
결국 우리는 원수로 돌아서고 말았습니다
아 그대를 사랑하고 싶어도 사랑이 안 되어
오늘이 너무 슬픕니다

우리 아픔을 깨자

가자
이 땅의 진실이 깨어날 수 있도록 달려가자
지평선이 탁 막혀 없어지고
길들이 한 걸음도 보이지 않는 안개 깊은 이날
어리석게도 손금만 바라보지 말고 달려가자

우리 아픔을 깨고 일어나자
내 사랑하는 부모자식을 다시 만날 수 있다면
지금 조금 아프면 어떠냐
이제는 이미 꿈이 되어버린 길
형제가 형제를 넘었어도
우리들은 분명한 형제간이지
우리 지금 지독한 슬픔을 깨고 일어나자

가자
우리가 조금 힘들면 어떠냐
사랑하는 사람과 같이 할 수 있다면
힘든 것이 기쁨이 되지 않겠느냐
사랑을 되찾아가는 그 길
우리 함께 되찾아 가자

우리들의 최종 목적지는 평양이나 서울이 아니다
베이징이나 워싱턴은 더더욱 아니다
바로 나의 아픈 가슴 속이고 너의 슬픈 품속이다

가자
진실 속으로
나와 너를 바로 바라볼 수 있는 가장 자연스러운 곳으로

한 방울 물이라면

한 방울 물이라면
그대에게 갈 수 있겠지
감당할 수 없는 바위가 가로막더라도
부서지고 또 부서지면 그대에게 갈 수 있겠지

천 길 낭떠러지 앞에 서더라도
내가 한 방울 물이라면
그대에게 갈 수 있겠지
수억 개의 내가 또 하나의 내가 되어
그대에게 갈 수 있겠지

나를 헐뜯는 그 많은 혓바닥과
무시무시한 칼잡이들의 춤사위가 위협하더라도
나만 내려놓으면 그대에게 갈 수 있겠지

내 땅 가득한 미세먼지로 그대 얼굴 분별할 수 없어도
내가 한 방울 물이라면
이 세상 모든 길 분별할 수 있겠지

내가 한 방울의 물이라면
어찌 그리움 열지 못하랴

늦가을에

늦가을
내가 단풍 한 잎이 되는 것을
다른 이들처럼 아름다움이라고 말하지 말자
사실 지긋지긋한 아픔과 울분이 차곡차곡 쌓인 얼룩일 뿐
구태여 꾸며서 나를 나타내려 하지 말자
이제사 속살을 다 드러내놓고 한바탕 펑펑 우는 것이다

내가 한 장 낙엽이 되는 것은
나를 비우는 것이라고 말하지 말자
스스로의 무게를 이기지 못하고
나뭇가지 계단에서 홀로 흔들리는 나는
가벼운 한 장 이파리
깊은 현기(眩氣)에 이마를 짚고
흔들리지 않으려고 노력하고 있을 뿐이다

다 지난 이야기지만
내 단풍 색깔 하나하나는 다
두려움이었다
만날 때도 두려워했지만 헤어질 때도 두려워했다
믿음을 두려워하기도 했지만
사랑을 두려워하기도 했다

그 시퍼런 두려움을 잠시 건넜다고
어찌 나를 내려놓았다고 할 수 있으랴

내가 가졌던 것
넉넉한 삶의 무게를 느끼게 했던 그 풍성한 것들
하나도 남겨두지 않고 가볍게 섰다
이제는 오직 자유뿐이다
구겨진 한 장 잎새가 되어
그렇게 알고 싶었던 나를 향해 훌훌 날고 싶다
내 속마음을 다 주지 못했던 친구들에게도 나를 보여
주고 싶다
이제는 그 누구도 아닌 나를 위해
새 꿈을 담은 푸른 잎이 되고 싶다

어머니

어머니
당신은 이미 이 땅에 계시지 않지만
여전히 어머니이십니다
살아 계시던 그 날
칠십의 아들에게도
'밥은 먹었냐, 아픈 데는 없냐,
차 조심해라'라고 늘 잔소리처럼 하시던 그 말씀
지금 귀에 쟁쟁합니다
젊은 남편이 빨치산을 따라 월북하고
청상으로 사신 어머니
평생, 그리움이 얼마나 사무치셨습니까
아들이 빨치산의 자식이라고 연좌제에
방황하던 날
숨죽이며 뒷간에서 아픔을 덜어내던 그때마저 반항하
던 그 아들을 위하여
밤거리마다 불을 밝혔던 어머니
당신은 나의 조국이셨습니다
어머니 당신은 혼을 덜어 아들을 살리셨습니다
아마 당신의 남편은 모를 것입니다
유복녀 핏덩이를 안고 잘라진 세월을 다 채우기 위하여
숨 한 번 제대로 쉬지 못한 것을 정말 모를 것입니다

이해해 주는 사람 아무도 없는 그 땅에서
당신은 얼마나 가슴앓이로 세상을 지내셨습니까
단 한 번도 자식들이 기쁘게 하지 못했지만
실망하지 않으시고 자식의 부족한 것들마다
다 채워주시던
그 어머니
당신은 하늘이셨습니다
아들의 하나님이셨습니다
어머니
아들이 막 직장을 잡고
이제는 어머니도 동생도
보살펴 드릴 수 있게 되었다고 생각하던 그날
뜻하지 않게 중병으로 쓰러졌지요
당신이 젊음과 바꿔 이룬 살림을 송두리째 빨아 먹은
아들
그 아들놈은 날마다 죽음을 생각하는 그 모습을 보고
당신은 얼마나 아프셨습니까
평생을 절간에서 사시던 당신이
아들이 예수 믿어야만 산다고 하니
자신의 모든 것을 다 버리고 하나님께 무조건 엎드리
신 그 어머니
얼마나 믿음이 있었겠습니까

아들이 믿음이지요 아들 때문에 배반을 택하신 어머니
당신은 나의 예수님이십니다
어머니
당신의 아들이 살림의 무게를 놓쳐 버리고 빚더미에
눌려 있을 그때
눈물로 고개고개를 넘던 어머니
이제 더 덜어줄 살이 없어 마지막 남은 힘으로
그렇게 멀게만 느껴지던 하늘을 바라보며
자식 사랑을 불태우시던 그 어머니
지금은 어디 계시옵니까
아들은 빈자리에 서서
계시지 않음을 만지고 있습니다
당신은 아들의 그리움입니다
당신은 아들의 믿음입니다
어머니 당신은 아들의 종교이십니다
아니, 사실은 아들은 당신의 전부였습니다
아들은 지금
당신이 계셔서 당신의 영혼 앞에
홀로라도 서 있을 힘이 있습니다

우정이 성장하여 여기까지 왔다

강 상 기(시인)

이존태시인과 내 나이 75세, 우리 둘만의 우정은 여러 가지 중요한 의미를 가진다. 우리는 언제 만나도 친밀한 관계이다. 어떤 기대나 보답을 바라지 않고 그저 허심탄회하게 대할 수 있다. 서로를 구속하지 않으며 의견을 내놓기는 하나 간섭하지는 않는다.

보통 친구를 갖는 것은 자신의 외로움 때문이다. 다른 누군가를 믿고 의지하는 대상으로 선택하여 사귄다. 그러나 외로움은 해소되지 않는다. 항상 자신의 공허함과 마주친다. 공허함을 충만과 즐거움으로 넘치게 하려면 뜨거운 심장으로 넘쳐흐르는 사랑이 있어야 한다. 친구 이존태시인은 바로 그러한 사랑을 지닌 사람이다.

이존태시인과 나는 삼례초등학교 동창이고, 삼례중학교 동창이다. 고등학교를 친구는 익산으로 진학하고, 나는 전주로 진학했다. 삼례역에서 서로 반대 방향으로 기차통학을 하며 지낸 셈이다. 그래서 그의 고등학교 때의 일은 잘 알지 못한다. 나중에 들은 이야기이지만 고등학교 3학년 때 휴학을 했다는 거였다. 휴학 중에도 친구는 익산 시내 남녀고등학교 문학 동인인 '포도원' 동인으로 활동하고 있었다. 나는 그 당시 전주 '길' 동인이었는데 친구의 초대로 익산 '포도원 문학의 밤'에 참석하여 찬조로 시낭송을 한 일이 있다. 이때 행사 후 찍은 흑백사진을 보니 유현상목사, 박범신소설가, 이종구시인, 이존태시인, 강상기시인 등을 확인할 수 있었다.

어쨌든, 친구의 휴학 이유가 여려가지 갈등이 원인이 되어 학습에 집중할 수 없었다는 것이다. 혹시 좋아하는 여자가 죽었다든지 생사를 알 수 없는 아버지가 그립다든지 무슨 단서가 될 만한 말을 듣지 못했다. 어떤 면에서 친구는 비밀스런 구석이 있다. 그가 무엇을 감추고 있는가를 알 수 없다. 책을 펼칠 때처럼 완전 개방적이지는 않기 때문이다. 그러나 씨앗이 되는 작은 단서 하나는 내놓는다. 듣는 사람이 추측해서 생각할 뿐이다. 그는 허풍떨며 자랑하지 않는다. 그러나 남이 알아주기를 원한다. 아니, 업신여기는 일이 없기를 바란다. SNS에 본인이 발표한 작품을 올리고 댓글을 살핀다. 소박한 기쁨, 가격을 정할 수 없는 작은 기쁨을 얻을 뿐, 명예 속에 오염되지 않는다.

초등학교 때 그의 생활은 아주 적극적이었다. 교내 웅변대회도 참가하고 친구들과도 잘 어울렸다. 더러 아버지가 없다고 놀림을 받는 일은 있었으나 주눅 들지 않았다. 중학교는 함께 다닌 관계로 학교에서 좀 멀리 떨어진 곳에 친구의 집이 있었지만 자주 친구의 집을 갔다. 친구의 집은 일반 단독 주택이 아니라 시내 위에 놓인 다리를 건너 언덕 밑에 자리 잡은 까만 기와집 사찰이었다. 퍽 호기심을 갖게 하는 것이었다. '정해사'라는 절인데 부친이 그 절의 스님이셨다. 친구는 이 사찰에서 출생하고 성장했는데 남동생은 2살 때 폐렴으로 죽었고, 유복자로 여동생이 태어났다. 아버지는 친구가 4살 때 월북해서 생사를 지금까지 확인하지 못했다.

어쨌든, 친구의 집에 가면 절 뒷방으로 안내되었고, 거기서 친구와 밥도 먹고 더러 잠을 함께 자기도 했다. 혼자되신 어머니께서 아들 친구라고 박대하지 못하고 그냥 견디면서 밥을 해 주셨을 것인데 그 당시 어려운 살림에 고충이 얼마나 컸을 것인가? 지금 생각하면 고인에게 송구스럽기 짝이 없다.

친구가 전주교육대학을 졸업하고 초등학교 교사로 발령을 받은 후 모친과 여동생 3식구가 정해사에서 분가하였다.

그러나 친구는 1968년 첫 발령을 받은 후 적응을 하지 못하고 5개월 만에 사표를 냈다. 방황하다가 원광대학교 국문과에 편입하여 졸업하고, 김제금성여자중학교 교사로 재직했다. 그런데 불행이 닥쳤다. 28살에 늑막염 진단을 받은 것이다. 유명한 병원을 찾아다니며 치료를 했으나 페니실린과 각종 항생제에 부작용이 있는 특이체질이었다. 3년 동안 가산을 탕진하여 치료를 했으나 치료가 안 되어 가끔 철길로 걸어가기도 하면서 죽음을 마주하고 살았다. 오죽이나 고통스러웠겠는가? 짐작이 가고도 남는다. 그러던 중 친구인 유현상목사의 인도로 예수를 믿었다. 유현상목사와 이존태시인과 나는 중학교 동창으로서 중학교 재학 때 삼혈(三血)이라는 글씨를 박아 흑백사진 촬영을 한 일이 있다. 유현상 친구는 보령에서 목사로 봉직하다가 은퇴하고 이후 유튜브를 통해 하나님 말씀을 전파하고 있다. 이존태시인은 예수를 믿고 큰 감동과 기쁨을 얻은 후 건강이 회복되었고, 그 이듬해에 교사 순위고사에 합격하였다. 그러나 벽지학교로 발령이 나면 건강을 보살피기가 힘들 것 같아 공립학교 발령 이전에 집에서 출퇴근하기 좋은 전주 학교법인 완산학원의 완산중학교 교사로 발령받아 근무했다. 친구는 퇴직할 때까지 완산학원에서만 근무하며 교감, 교장을 거쳤다. 친구를 주위 사람들이 다 좋아한다. 친구는 상대편의 생각과 다를 때는 직접적으로 반박하지 않는다. 그저 빙그레 웃거나 '글쎄' 하면서 넘어간다. 아마, 그가 사립중고등학교에서 교감, 교장을 잘할 수 있었던 것은 이 모나지 않은 원만한 인품이 많이 작용했을 것이다.

2008년에 친구는 퇴임했다. 친구와 나는 교직 생활을 마감한 후에는 동창회에서만 띄엄띄엄 만나고 헤어질 뿐 일부러 소식을 전하거나 만나지는 못했다. 친구는 개인사의 고통을 운동으로 극복하고 있었고, 나는 거의 십 년째 암 투병을 하고 있으니 신나는 일이 없었다. 그런데 2019년 봄 4월에 충남 대천에서 초등학교 동창회가 있었다. 친구가 뜻밖에도 두툼한 인쇄물 복사본을 나에게 주면서 한 번 읽어보라고 했다. 꺼내 읽어보니 전부 시였다. 교회 장로이니까 신앙적인 시나 썼을 것으로 짐작했는데 그게 아니고 상당히 중요한 시 작업을 하고 있었던 거였다. 가족의 아픈 역사가 현대사와 맞물려 있는 그야말로 민족 비원이 담긴 시작품들이었다. 왜 이런 작품을 발표하지 않느냐면서 발표하기를 권했다. 일단 문단 데뷔 먼저 서둘러 급한 대로 2019년 동방문학(제89호, 여름호) 신인상에 응모해서 당선이 되었다. 그로부터 분발해서 시대정신이 투철한 시를 혈서 쓰듯 쓰는 것이었다. 꽃과 새와, 자연을 주로 노래하는 시인과 달리 우리의 당면한 역사의 아픔에 시선을 고정시키고 있다.

내가 요양 차 작년 11월에 전북 완주군 상관 편백 마을 펜션에서 지낸 일이 있다. 2019년 11월 초하루, 친구가 내가 머물고 있는 편백 마을 펜션을 찾아왔다. 펜션 방안에 앉아 서로 대화를 나누다가 뜻밖에도 고3 시절 여름방학 때 삼례 금성다방에서 친구와 내가 2인 시화전을 한 일이 있었는데 그때의 방명록을 내놓는 것이었다. 이삿짐 정리를 하다 보니 나왔다고 하면서 역사적 유품을 발견한 양 방명록을 챙겨왔던 것이다. 시화전 오픈하던 날 허소라시인과 함께 신석정시인과 채만묵시인(당시 전북대교수)도 오셨다. 방명록은 검정 노끈으로 묶여 졌는데 맨 첫장은 허소라시인이 "영원한 기약을…
64, 8,19 허소라"라고 적으셨고 다음 장에 신석정시인은 "시
도는 가시밭길인 것을 알라"고 적으셨다. 채만묵시인은 "꾸준
하기를…"이라고 격려 말씀을 남겨주셨다.

참으로, 그때의 감회가 새로웠으며 지금껏 방명록 보관을
잘해온 친구는 그렇게 자상하고 섬세한 구석도 있다는 것을
말하고 싶다. 내가 편백 펜션에서 혼자 지내기가 외롭다고 하
니까 수시로 방문해 주었다. 대개 함께 점심식사를 했는데 친
구는 아무 음식이나 잘 먹는다고 하면서 내 까다로운 식성에
맞추어 메뉴를 정해 주었다. 그리고 노트북 책상, 온도습도
계, 체중계까지 주었는데 물론 이사하면서 어차피 버려야 할
것을 내가 요긴하게 필요해서 받을 수 있었다. 그렇다 하더라
도 그의 마음 쓰임에 몹시 고마울 뿐이었다. 친구는 내가 느
낀 대로 아름다움과 은총이 넘치는 삶을 누린다. 친구는 사랑
으로 흘러넘치며 사랑이 곧 친구의 삶이다. 친구는 내 여행의
동반자로서 사랑을 주면서 그 속에서 자꾸 부유해진다. 친구
는 말한다. "나는 오늘 죽어도 서운하지 않다. 나는 준비가 되
어 있다."라고 웃으면서 말했다. 죽음에 대한 공포가 제일 크
거늘 그는 죽음 역시 삶처럼 생각한다. 어차피 죽어야 함을
알면서도 죽음을 축복으로 받아들이기는 쉬운 일이 아니다.
그는 그렇게 깨어있는 의식으로서 그의 굴곡진 개인사와 조
국의 역사 앞에서 부끄럼 없이 살기를 소망할 뿐이다.

'삭임'을 통해 승화한 그 아픔과 열망

- 이존태 시인의 『죄인의 꿈』

김 광 원(시인·문학평론가)

1. 눈을 크게 뜨고 나를 본다

이 세상에 존재하는 사물치고 완벽하게 동일한 게 존재할 수 있을까. 그건 불가능한 일이다. 극대의 세계이든 극미의 세계이든 각 사물은 천차만별 다를 수밖에 없고, 그렇다고 홀로 떨어져 존재하는 것도 불가능하다. 삼라만상은 유기적으로 연결되어 존재할 수밖에 없다.

이존태 시인의 등단작품을 읽어봤기에 대강 짚이는 바가 있었지만, 막상 첫 시집 『죄인의 꿈』의 원고를 받아 읽어가면서는 '이 작품들을 어떻게 읽어내야 하는가' 쉽지 않은 일로 여겨졌다. 십여 편 읽다보니 다소 문제가 풀리기 시작했다. 이 시집은 일반 시집과 동일하게 읽어서는 안 된다는 게 드러났다. 시집의 성격과 분위기가 다른 시집과 판이했다. 시들에서 치열하게 살아온 삶의 무게와 경건함이 동시에 밀려왔다.

이 시집이 일반 시집과 다르게 읽힌 가장 큰 이유는 서사성에 있었다. 시가 지니는 함축성에서 상당한 거리를 두고 있는 이 시집만의 특별한 이유가 찾아진 것이다. 이 시집이 서사적 성격을 띨 수밖에 없는 나름의 설득력이 바로 여느 시집과 다른 이 시집 특유의 존재가치였던 것이다. 2019년, 74세의 나이에 비로소 등단한 시인이지만 그는 고교시절 '포도원'이라는 문학동인으로 활동한 바 있고, 고교 3학년 때는 강상기 시인과 2인 시화전을 열기도 했다. 등단은 비록 늦었으나, 청소년기에 형성된 문학적 안목과 삶은 꾸준히 작동하고 있었을 것이다.

시인은 원광대 국문과를 졸업하고 중고교 국어교사를 평생의 업으로 살아왔다. 긴 세월 문학작품을 다루면서 자신의 삶을 끝없는 반조의 대상으로 삼았을 것이다. 강상기 시인의 발문에 잘 드러나듯이, 네 살 때 월북한 아버지 탓으로 홀어머니 슬하에 자라야 했던 어린 시절의 가족사는 곧 이존태 시인의 실존의식을 형성하는 가장 큰 요인으로 작용했을 것이다. 아버지의 월북은 끝없이 풀어내야 할 시인의 화두였던 것이다.

이 시집의 가장 큰 미덕은 긴 세월 끌어안고 살아온 아픔을 승화시키는 대반전에서 찾아진다. 고통 그 자체였던 가족사의 원천이 시대적 배경에서 비롯된 것임을 응시한 것이다. 해방 이후 남과 북의 분단이 고통의 근원이었던 것이다. 이 시집 『죄인의 꿈』을 발간하기까지의 긴 세월은 응어리진 한을 삭이고 삭여서 투명한 하늘빛으로 바꾸어내는 인고의 과정이었다.

여느 시인의 시집과 다른 이 시집만의 내밀한 속사정이 다소 풀린 셈이다. 일반 서정시로는 도무지 풀어낼 수 없었던 사연이 있었던 것이다. 시인은 이 문제를 풀어내지 않고는 다른 어떤 것에서도 자유로울 수 없다는 실존의식을 평생 간직하고 살아왔을 것이다. 시인 앞에 주어진 최대의 숙제였던 것이다.

이 시집 『죄인의 꿈』이 서사적 특성을 띠게 된 이유를 나름대로 고찰해본 셈이다. 그래서 이 시집은 다른 시집과 다른 차별성을 가진다. 이는 곧 이 시집이 지니고 있는 존재가치의 한 특성이라 표현해도 좋을 것이다. 달리 말하자면, 개인의 아픔을 극복하고 대아(大我)의 투명한 하늘빛 열망으로 승화되는 양상이 곧 이 시집에서 읽어내야 할 핵심이라 할 것이다. 필자는 이 시집이 지니는 외형적 특성을 서사적 성격에서 찾았으니, 반대로 이 시집의 작품 중 시인 내면의 정서에 충실한 작품을 먼저 살펴 그 서정적 면모를 살펴보고자 한다.

눈을 크게 뜨고 / 나를 본다 // 고장 난 세월을 보낸 나 / 눈에 뵈는 게 없다 // 때 잃은 괘종시계가 / 익숙하지 않은 손으로 / 내 지난 시간을 더듬거린다 // 얼굴에 먹칠한 포수가 가로막고 / 지긋지긋하게 나를 사찰했다 // 이미 나한테 늘어붙어 있는 / 또 하나의 나 / 너 암이여 // 단 한 번도 제대로 본 적 없는 / 네 얼굴 보고 싶어 / 눈을 크게 뜨고 / 나를 본다   ―「어둠」 전문

이 시 「어둠」은 이 시집에서 중요한 기능을 한다. 자신의 지난 역사를 되돌아보며 자신이 어찌하여 이토록 힘든 세상을 살아오게 되었는가를 살펴보고 있다. 일종의 참회 과정이다. 시의 전개에서 '때 잃은 괘종시계', '먹칠한 포수', '암' 등의 시어가 시의 중심을 이루고 있는데, 이 시의 미학적 장치는 '때 잃은 괘종시계'에서 나오고 있다. 내가 괘종시계를 바라보는 것이 아니라, 괘종시계로 하여금 나의 오류적 삶을 더듬게 함으로써 자신의 삶을 객관화하고 있다.

이런 장치는 시 내용에서 구조적 안정감을 얻게 하며, 화자와 독자 사이에 설득력을 제공하는 미학적 기능을 하게 한다. 괘종시계를 통한 자기 반조의 결과 고장 난 세월의 모든 원인은 드러나게 된다. '나'를 죽일 듯이 질기게 사찰한 '얼굴에 먹칠한 포수'의 정체는 무엇일까. 이 시집의 맥락에 의하면 남북분단이 남긴 보안법, 월북한 아버지가 '나'에게 남긴 연좌제, 그로 인해 파생된 끝없는 위축감 등으로 요약할 수 있지 않을까. 시인은 이걸 '나한테 늘어붙어 있는 암'으로 비유한다.

이 시는 그런 긴 어둠의 터널 끝에서 새로운 삶의 시작이 어떻게 이루어진 것인가를 독자에게 암시한다. "단 한 번도 제대로 본 적 없는 / 네 얼굴 보고 싶어 / 눈을 크게 뜨고 / 나를 본다" 자신의 정체를 직시하면서 소아의 껍질을 깨고 각성이 이루어지는 순간을 묘사한 것이다. 시인은 가족사의 아픔과 민족사의 아픔이 결코 둘이 아님을 자신의 얼굴을 들여다보며 확인한 것이다. 시인은 자신의 삶에 늘어붙어 나의 자유로운 삶을 위축시키고 방해했던 것들을 직시하며 맞서게 되었고 비로소 자신의 본래면목을 발견한 것이다. 본래의 나는 죄인이 아니다. 이제 내가 할 일은 딱 하나, 나에게 붙어 있는 암덩어리를 제거하는 일이다. 그래서 이 시집은 곧 그런 숭고한 작업의 일환이다. 그 강렬한 열망은 저 깊이 내재해 있던 시인의 잠재의식 속에서 터져나오게 된다. 그런 시가 다음 작품 「새야」이다.

새야 / 나도 날고 싶다 / 자유로이 훌훌 날고 싶다 / 높은 하늘에 올라서서 멀리멀리 보고 싶다 / 그리움도 버리고 날아오르고 싶다 // 강 따라 날고 싶다 / 물살이 되어버리고 싶다 / 아직도 가진 것 세월에 맡기고 / 거침없이 흘러버리고 싶다 / 한 번 솟구칠 때마다 한 번씩 죽고 싶다 // 산 따라 가고 싶다 / 몇 번씩 다짐했던 큰 결심도 / 머릿속 굽이치는 혼란도 / 이제 다 놓아버리고 / 깊은 산이 되고 싶다 // 지금도 날 노리는 화살촉 / 두려워하지 말자 / 비록 땅에 떨어진 한 마리 새가 되더라도 / 가슴 속에 숨은 뜨거운 사랑을 노래

하고 싶다 / 자유롭게 부르짖고 싶다   ―「새야」전문

  화자는 이 시에서 이제 남은 생을 어떻게 보내야 하는가를
엄숙하게 선언하고 있다. "새야 / 나도 날고 싶다 / 자유로
이 훌훌 날고 싶다 / 높은 하늘에 올라서서 멀리멀리 보고 싶
다 / 그리움도 버리고 날아오르고 싶다" 여기서 주목되는 건
'그리움'도 버리고 "자유로이 훌훌 날고 싶다"는 표현이다.
긴 세월 그리움 속에 살아왔어도 '나'를 변혁할 수 없었음을
고백한 것이다. '나'를 진정 바꿀 수 있는 것은 오직 과거 삶
의 방식을 떨치고 용기 있게 행동으로 옮겨야 하는 것임을
말한 것으로 보인다.

  "지금도 날 노리는 화살촉 / 두려워하지 말자" 하며 화자
는 결연한 자세를 보인다. "아직도 가진 것 세월에 맡기고 /
거침없이 흘러버리고 싶다", "한 번 솟구칠 때마다 한 번씩
죽고 싶다"라는 표현에서 화자는 '자유'의 획득이 어떻게 이
루어지는가도 이미 체득하였다. '새의 비상'은 자신이 가진
것 모두 세월 앞에 내려놓는 '자기 비움'의 용기와 자기를 겨
누는 '화살촉'도 두려워하지 않는 자기희생의 고통 즉 '죽음'
을 전제로 할 때 이루어지는 일임을 역설한 것이다.

  진정한 자유는 외부로부터 주어지지 않는다. 내 삶이 맑게
비워지고 깨어 있을 때 우주의 살아 있는 기운이 나에게 밀
려오게 되어 있다. 그래서 화자는 "몇 번씩 다짐했던 큰 결심

도 / 머릿속 굽이치는 혼란도 / 이제 다 놓아버"려야 함을 깨닫게 된 것이다. 이제 화자에게 남아 있는 것은 강 따라 날고 싶고, 산 따라 가고 싶고, 깊은 산이 되고 싶다는 열망이다. 과거의 그리움과는 다른 새로운 열망이 태어난 것이다. 내가 벗어나야 할 것은 '외부적'인 것보다 내 자신에 축적된 '내부적'인 것에 있음을 알게 된 것이다. 자신의 내부에 숨어 있던 내 본래의 얼굴을 발견하고 그에게 '뜨거운 삶'을 노래할 자유를 주겠다는 것이다. 얼마나 엄숙한 자기 선언인가.

2. 다시 새로운 달덩이를 품어야 한다

이 시집에는 가족사와 민족사가 들어 있다. 앞에서 거론했듯이 여기에서 가족사와 민족사는 둘이 아니다. 다음 시 「아버지 당신은 모르지요」에는 시인이 평생 끌어안고 살아온 아픔의 원인과 삶의 과정과 현재 화자의 입장이 담겨 있다.

아버지 당신은 모르지요 / 어머니가 얼마나 당신을 그리워했는지 / 어머니 유품 속에 남겨진 빛바랜 사진 한 장 / 그것은 바로 당신이었습니다. // 아버지 당신은 모르지요 / 어머니가 얼마나 힘들어했는지 / 그 시절 엄마가 다 그랬지만 / 당신이 긴 여행을 떠난 후 어머니는 핏덩이 딸을 받은 대신 / 생살 같은 둘째 아들은 / 한 마리 나비가 되어 당신처럼 여행을 떠났습니다 // 아버지 당신은 모르지요 / 아비 없는 자식이 된 아들이 얼마나 고독했는지 / 놀림을 받는 날이면 너무 분하고 슬퍼서 / 혼자 들쥐가 되어 산길을 헤맸습니다 // 아버지라는 이름이 내 입에서 얼마나 맴돌았는지 / 당신은 모르지요 / 단 한 번이라도 불러보고 싶은 이름이었습니다 / 밤이면 어머니 모르게 이불을 둘러쓰고 / 미친 아이가 되었습니다   -「아버지 당신은 모르지요」 앞부분

이 한 편의 시 속에는 시인이 살아온 긴 아픔의 이야기가 암시되어 있는바, 독자는 아버지의 월북 이후 그 부재의 긴 고통을 충분히 짐작할 수 있다. 딸은 태어났고, 둘째 아들은 죽었고, 첫 아들인 나는 아버지 없는 설움에 혼자서 들쥐처럼 산길을 헤매고 다니다 어머니 모르게 이불 뒤집어쓰고 몸부림하며 울었던 것이다. 이런 일이 잠재의식으로 내려가 언제 어디서든 화자의 의식을 짓눌렀을 것이지만 누가 그 고통을 위로하고 함께할 수 있었겠는가. 이 시의 후반부에서 화자는 역사적 결단을 이루게 되는 과정을 엿보게 한다. '아버지와의 화해'가 이루어진다. 아버지의 뜻을 이해했기에 아버지의 월북을 용서한 것이다.

어느 날 밤 내 곁을 떠난 아버지 / 당신이 가지고 간 것은 옷 몇 벌만이 아니었습니다. / 당신이 남기고 간 것은 부모와 친구만이 아니었습니다 // 당신이 우리 곁을 떠난 것이 / 신념 때문이지 사상 때문인지 나는 모릅니다 / 전쟁 때문에 어쩔 수 없는 선택이었는지도 모릅니다 // 그러나 / 지금 내가 선택할 기회가 있다면 / 당신을 선택하겠습니다 / 당신의 꿈을 선택하겠습니다 / 당

　수많은 세월, 화자는 아버지를 이해할 수 없었을 것이고 원망스럽기 짝이 없었을 것이나, 아버지의 용단이 민족의 아픔 속에서 이루어진 결단임을 이해한 것이다. 당신이 떠나면서 가지고 간 것은 옷 몇 벌만이 아니라 또 무엇이었을까. 당신이 남기고 간 것은 부모와 친구 말고 또 무엇이었을까. 그 숙제가 드디어 풀어졌고, 아버지의 고뇌에 찬 행동을 화자는 이해할 수 있게 된 것이다. 아버지가 가져간 것도 '민족의 통일'이요, 이 땅에 남기고 간 것도 '민족의 통일'이었던 것이다.

　민족의 통일을 염원하면서 아버지는 모든 걸 버리고 북으로 넘어간 것이다. 그런 아버지를 어찌 이해할 수 있었을 것인가. 그 길고 길었던 고통을 화자는 어떻게 극복하며 지내왔을 것인가. 화자의 삶은 온통 여기에 쏠려 있었을 것이다. "지금 내가 선택할 기회가 있다면 / 당신을 선택하겠습니다." 하며 마침내 화자는 아버지를 내 외로웠던 가슴속에 품어버린 것이다. 아버지와 내가 하나가 된 것이다. 이제까지 화자를 짓눌렀던 내적 고통이 사라지는 순간이다. 이런 감격의 과정이 시로 표출되어 나타난 것이 곧 이 시집 『죄인의 꿈』인 것이다.

　"아버지 당신은 모르지요 / 어머니가 얼마나 당신을 그리워했는지” 이 한마디의 말 속에 내재한 가족의 고통은 말로 다할 수 없을 것이다. 그만큼 아버지를 향한 원망도 클 수밖에 없었을 것이다. 이렇듯 부정적 양상으로 출발한 한(恨)이 긍정적으로 승화된 정한(情恨)의 세계로 이행되기까지의 과정을 한국적 한의 ‘삭임’의 과정으로 이해할 수 있으리라. 한의 세계는 다층적이며, 원망과 탄식의 부정적 한이 윤리적, 미학적으로 승화되는 과정을 품고 있는 것이 ‘한국적 한’의 정체임을 천이두 평론가는 규명한 바 있다.

시집 『죄인의 꿈』은 한국적 한의 삭임을 보여주는 대표적 시집이라 해도 손색이 없다. 어린 시절 개인의 아픔과 가족사의 고통이 곧 민족의 아픔으로 확산되고 동일시되어, 이제 오로지 ‘민족통일’이라는 화두 하나로 집약되는 이 시집은 한 개인의 시집이라기보다는 민족 앞에 바치는 ‘헌시’의 성격을 띤다. 개인의 아픔이 민족의 열망으로 승화되기까지는 누구도 쉽게 감당할 수 없었던 아픔을 극복했기에 가능했다. 먼저 시 「달덩이」를 살펴본다.

어둠이었다 / 빈손이었다 / 아무것도 가지지 못했다 / 뼛속 깊이 저미어오는 슬픔과 아픔으로 살았다 / 배고파 새경 쌀 네 가마 반에 몸을 팔고 눈물까지 먹었다 / 그때 우리 동네 어린아이 하나는 피죽도 못 먹고 구름이 되었다 // 자식이 웬수지 / 어머니는 한 사발 물로 빈속을 채우고 / 우리는 술지게미를 먹으며 비틀비틀 학교에 갔다 / 우리는 조금씩 조금씩 빛을 가졌다 / 어둠 속에서 우리는 눈부신 달덩이를 꿈꿨다   -「달덩이」전반부

전쟁 이후 상황과 아버지의 월북으로 먼저 가장 힘들게 다가오는 건 경제적 가난이었을 것이다. "그때 우리 동네 어린 아이 하나는 피죽도 못 먹고 구름이 되었다", "우리는 술지게미를 먹으며 비틀비틀 학교에 갔다"라는 표현은 시대적 가난의 처지를 문학적으로 형상화하면서도 사실을 구체적으로 전달하여 작품으로서의 호소력을 지니게 한다. 그런 문학적 형상화가 미학적 승화 과정으로 연결될 수 있는 것은 "우리는 조금씩 조금씩 빛을 가졌다 / 어둠 속에서 우리는 눈부신 달덩이를 꿈꿨다"라는 표현 때문이다. 여기서 '빛'과 '달덩이'는 가족사의 아픔이 민족의 열망으로 변이를 일으키는 순간이기 때문이다.

아픔을 극복하고 내적 변이를 일으킨 자아는 이제 과거의 자아가 아니다. 민족의 분단으로 가족사의 아픔을 맞이했던 사실을 누구보다 인식하고 있기에, 이 아픔을 극복한 자아는 민족의 현실을 외면할 수 없었을 것이다. 민족의 현실 앞에 당당하게 서는 일만이 과거 짓눌렸던 자아를 해방시키는 길이며, 아버지와의 화해를 이루는 길이며, 과거 방황하던 자신을 참회하면서 아버지가 숙제로 물려준 민족통일의 새 길을 개척하는 길이기 때문이다.

생각해보면 우리는 비겁하지 않았다 / 그 어떤 고문도 두려워하지 않았다 / 별다른 이유 없이 죄인이 되어도 / 절대 무릎을 꿇을 수가 없었다 / 달덩이를 가슴에 품고 살았기 때문이다 // 우리가 품었던 달덩이가 다시 어둠으로 돌아가는데 / 이제 우리는 무엇을 할까 / 배고픔을 어떻게 견딜까 / 저 힘 좋은 나라가 우리에게 새경은 줄까 / 어릴 적 잃어버린 아버지는 찾아줄까 / 아, 우리는 다시 새로운 달덩이를 품어야 한다   ―「달덩이」 후반부

"생각해보면 우리는 비겁하지 않았다 … 절대 무릎을 꿇을 수가 없었다" 이 짧은 표현 속에는 해방 이후부터 남북정상회담이 이루어지기까지의 긴 역사를 함축하고 있다. 여기서 '생각해보면'이라는 말은 묘하다. 독재정권 앞에 우리는 얼마나 비겁했고, 고문에 떨었고, 무릎 꿇고 살아왔는가를 반성하게 한다. 그럼과 동시에, 그런 독재정권 속에서도 우리가 예까지 올 수 있었던 것은 어린 시절 그 지독한 가난과 고독을 뚫고 일어섰듯이, 우리 민족은 가슴에 품은 '달덩이' 즉 '민족통일'이라는 열망이 있었기에 가능할 수 있었다는 것을 함축한다.

그런데 이제 가장 큰 문제는 "우리가 품었던 달덩이가 다시 어둠으로 돌아가는" 것에 있다. 남북정상회담까지 열리고 곧 뭔가 이루어질 것만 같았는데 어린 시절의 그 절망스럽던 '어둠' 같은 상황으로 되돌아가고 있음을 안타깝게 여긴다. 그래서 화자는 외친다. "어릴 적 잃어버린 아버지는 찾아

줄까 / 아, 우리는 다시 새로운 달덩이를 품어야 한다" 이제 '아버지'는 '민족통일'의 다른 이름이 되었다. 아버지를 불러 볼 수 없어 하루 종일 방황하다가 밤이 되면 어머니 모르게 이불을 뒤집어쓰고 몸부림치던 그 어린아이 앞에 '아버지'가 당당하게 나타난 것이다.

'달덩이'를 품고 아픔을 삭이고 극복하며 살아왔듯이, 큰 나라들의 훼방으로 다시 멀어지는 안타까운 현실 속에서 우 리는 민족통일을 염원하며 다시 예전의 '달덩이'를 품어야 한다는 것이다. "아, 우리는 다시 새로운 달덩이를 품어야 한 다" 일찍이 '나'와 '가족'과 '민족'을 이렇듯 하나로 녹여서 우리의 열망인 민족통일을 노래한 시가 어디 있었던가. 아팠 던 만큼 그 승화의 경지 또한 높을 수밖에 없다. 이 한 편의 시 속에는 '한국적 한의 삭임'을 보여주는 진수가 담겨 있는 바, 작품에 내재한 서사구조와 서정미학의 혼용은 바로 '삭 임'의 과정을 통해 이루어진 것이라 하겠다.

3. 철책을 넘지 못하고 절규하는 꿈을 꾼다

옥중 춘향이, 이몽룡이 비록 걸인으로 찾아왔음에도 어머 니 월매에게 자기가 죽은 후에라도 이몽룡을 잘 대우해 줄 것을 당부한다. 신분상승을 꿈꾸던 춘향의 사랑이 진정한 사 랑으로 승화했음을 보여주는 순간이다. 아버지가 앞 못 보는 봉사라 어려서 온갖 고생을 다하면서도 심청은 그 고통을 오히려 아버지를 향한 효성심이라는 윤리적 승화의 세계로 변모시킨다. 원망이나 탄식 등의 부정적 한이 정한(情恨)이라는 긍정적 한의 세계로 승화되는 대표적인 시가 김소월의 「진달래꽃」이다. 다른 민족과 다르게 유달리 한국적 한(恨)은 고통을 극복하여 승화된 세계로 이행되는 과정을 특징으로 한다. 본래 '한'이란 '크고 넓고 밝은 하나'의 개념을 품고 있다. 밝음을 지향하기에 흰옷을 즐겨 입었고, 우주를 거대한 하나의 세계로 보았던 민족이기에 우리 한민족은 단군 이래 '홍익인간'을 개국의 이념으로 삼았지 않았는가. 그러나 우리 민족 최대의 시련인 남과 북의 분단은 현재 진행형이다.

　이존태 시인의 시집 『죄인의 꿈』은 그 탄생의 배경을 남북 분단의 한복판에 뿌리를 두고 있고, 아파도 아프다고 말할 수조차 없는 현실 속에서 고통을 감내하며 삭이고 삭여서 마침내 민족 최고의 열망인 '남북통일'을 절절히 노래한다. 한 가족의 원망과 탄식의 비극으로 출발한 한(恨)은 마침내 고통의 근원이었던 아버지를 이해하고 용서한다. 여기에서 나아가 시인은 아버지의 길을 똑같이 따를 것임을 천명하면서 여생은 오로지 민족통일의 열망으로 살아갈 것을 다짐한다. 이러한 과정에서 '참회' 내지 '죄인의식'은 필히 생성될 수밖에 없다.

짓밟힌 수많은 꽃이 내 안마당에 가득하고 / 옆구리 깊이 파고드는 총소리에 새들조차 숨어버렸던 그 봄 / 그 봄에 죽지 못하고 살았던 내가 죄인이 되어 / 지금 나는 길섶에 내동댕이친 앉은뱅이꽃   −「봄을 생각하며」 일부

그들은 이 땅을 지켰던 진정한 민초들이 아니었던가 / 그 사랑초가 아니었던가 // 지금 너를 밟고 일어섰던 나를 본다 / 내 것을 만들기 위하여 내 것을 지키기 위하여 / 사랑을 변절한 자가 내가 아니었던가 / 죄인이 되지 않았던가   −「억새」 일부

내가 너를 잊은 동안 / 내 속 가득한 드넓은 벌판 속에 / 형형색색의 모습으로 수없이 피고 진 수많은 꽃들 // 지금 / 무수히 일어나 촛불을 쳐들고 나를 탄핵하고 있는 / 너를 본다   −「들꽃」 일부

분단의 비극 속에 놓인 우리 앞의 숙제는 분단 그 자체만이 아니었다. 분단이라는 대치 상황을 이용하여 민초를 위협하는 군부독재의 역사는 길고 길었다. 청소년기에 맞이한 4·19혁명과 30대의 장년기에 맞이한 5·18민주화운동, 최근의 촛불혁명 등에서 느껴지는 시인의 감회는 실로 클 수밖에 없다. 아버지의 부재로 인하여 남모르는 위축감과 죄책감으로 지내온 화자는 점차 성장하면서 그리고 사회생활을 하면서 알게 되었다. 4·19혁명이나 5·18민주화운동, 촛불혁명 등이 모두 분단 상황을 배경으로 한다는 것을 어찌 모를 것

인가.

위의 시 「봄을 생각하며」는 시인이 중학생 때 맞이한 4·19 혁명 당시를 떠올리며 쓴 작품이다. 이 시의 "구경삼아 형들 뒤따라 가다가 / 경찰서 가서 죽을 만큼 맞고 집으로 돌아가 던 아 그 봄 / 지금은 내 가슴에 울음이 남아 있지 않습니다" 라는 내용에 의하면 그 역시 4·19혁명에 참여하여 '죽을 만 큼'의 경찰 폭력을 겪은 4·19혁명 의거의 참여자다. 무수히 많은 희생자들이 있는데 그때 죽지 못하고 살아 있는 그 자 체만으로도 그는 지금 "길섶에 내동댕이친 앉은뱅이꽃"처럼 죄인이 된다.

수많은 민초들이 이 땅의 민주화를 위하여 투쟁하고 희생 하였으며, 지금 이 정도나마 민주의 토양 위에서 우리가 살 고 있는 것은 민초들의 힘으로 이루어진 것임을 시인은 인정 하고 있다. 그리고 이 땅의 민족통일과 민주화는 둘이 아니 며 함께 이루어져야 하는 일임을 시인이 모를 리가 없다. 그 럼에도 불구하고 내 개인 삶의 안위를 위하여 살아온 자신을 되돌아보며 그는 다시 죄인이 된다.

"지금 너를 밟고 일어섰던 나를 본다 / 내 것을 만들기 위 하여 내 것을 지키기 위하여 / 사랑을 변절한 자가 내가 아 니었던가 / 죄인이 되지 않았던가"(「억새」에서) 여기서 화자는 스스로를 변절자로 칭하고 있다. 단순히 뉘우치는 정도가 아 니고 다소 냉엄하다. 그만큼 그에게는 심각한 일이다. "내가 너를 잊은 동안 / 내 속 가득한 드넓은 벌판 속에 / 형형색색의 모습으로 수없이 피고 진 수많은 꽃들"(「들꽃」에서) 시인의 반성은 진지하다. 마음속 드넓은 벌판에 피고 진 꽃들을 떠올린다. '너'를 잊고 살아서 죄스럽다. 죽었던 꽃들이 해마다 되살아나 자신의 죄를 탄핵하는 모습으로 보이는 것이다. 그래서 그는 자연 앞에서도 몸 둘 바를 모르고 부끄러워한다. "지금 / 무수히 일어나 촛불을 쳐들고 나를 탄핵하고 있는 / 너를 본다" 이런 진술은 역설적으로 우리는 왜 이 땅에 발 딛고 살아가는 것만으로도 죄인이 되어야 하는지를 성찰하게 한다. 이 시집의 표제시 『죄인의 꿈』이 바로 그런 시이다.

철없을 때 / 엄마께 / '울 아버지 어디 갔어?' / 물어보면 / 미국 돈 벌러 갔다고 하셨다 // 이제 철이 들어서 / 엄마께 물어보지 않아도 / 북에 가신지 알게 되었다 / 북한에 간 것이 죄가 되는지도 알게 되었다 // 아버지와 함께 간 친구는 / 감옥서 한평생 보냈다 / 그래서 울 아버지가 죄를 졌다고 생각했다 // 나는 죄 지은 것 없는데 / 아버지 따라 덩달아 죄인이 되었다 / 북에는 죄인들만 사는지 알았다 // 그렇게 한평생 다 보낸 지금 / 우리 대통령은 죄인들과 자주 만난다 / 심지어 트럼프도 죄인들과 몇 번이나 만났다 / 죄인들의 수는 점점 늘어난다 // 나도 흔적도 없을 울 아버지 만나러 / 죄인들의 나라에 가고 싶다 / 요즈음 나는 죄인이 되는 꿈을 꾼다 / 그러나 꿈속에서조차 철책을 넘지 못하고 / 절규하는 꿈을 꾼다 / 내 꿈 이루어질 차례를 기다리며

－「죄인의 꿈」 전문

이 한 편의 시에는 개인의 가족사가 들어 있고, 우리 민족의 비극적인 현대사가 들어 있다. 꾸밈 없이 있는 그대로의 간결한 진술로 이루어져 있으나, 이 시가 품고 있는 함의는 크다. 아버지의 월북이 죄가 되었고, 나머지 식구들도 죄인처럼 살아야 했다. 왜 우리는 죄인이 되어야 하는가. 분단국가인데다 장기간의 군사정권 탓이다. 그래서 우리는 지금도 그 굴레에서 자유롭지 못하다. 그런 이치로 보면 정상회담의 주인공인 우리 대통령도, 트럼프도 다 죄인이 된다. 시대의 아이러니요, 우리 현실에 대한 풍자다.

　아버지 흔적도 없을 북한일지라도 시인은 지금도 남북분단의 철책을 넘고자 한다. 꿈속에서도 넘을 수 없어 절규한다. 시인이 철책을 넘고자 하는 이유는, 이제 '민족통일'은 '아버지'의 다른 이름이기 때문이다. 그래서 그는 넘을 수 없는 철책 앞에서 절규하는 것이다. 과거에는 연좌제에 묶여 죄인 아닌 죄인으로 살았는데, 이제 시인은 시대의 사명을 외면할 수 없어 '죄인'이 된 것이다. 민족통일을 이루지 못하는 한 우리 민족은 모두 죄인이 되는 나라에 살고 있다. 언제 꿈에도 그리는 북으로 남으로 자유롭게 오갈 수 있을까. 너무도 당연한 일이지만, 남북분단의 한 희생자로 긴 세월을 감내하며 살아온 시인이었기에 그는 죄를 씻어내는 마음으로 '민족통일'을 염원하며 시를 써온 것이다.

4. 너는 바로 나이고 나는 바로 너이다

네 살 어린 나이에 아버지가 북으로 넘어가면서 남북분단의 문제는 이존태 시인에게 평생의 과제로 떠넘겨졌다. 그에게 이 민족의 화두는 아련한 감상의 문제와는 차원이 전혀 다르다. 순간순간 숨 쉬는 일만큼이나 그에겐 실존의 문제이다. 그 실존적 고통을 삭이고 삭이면서 빚어낸 진주알, 그것이 바로 이 한 권의 시집이다. 그래서 시인의 통일로 가는 열망은 활활 타오르고 그 어떤 통일시보다 뜨겁고 간절하다.

언제부터인가 / 깊은 숲에 갇힌 그리움 / 산짐승처럼 길 없는 길 / 잊힌 길을 향해 / 몸부림친다 / …… / 내 안의 그리움 / 속속들이 다 태워내고 / 때론 성난 모습으로 다가간다 / 아무것도 남아 있지 않을지라도 / 멈출 수 없다 / 내 남은 모든 것 / 자유를 잃는다 할지라도 // 세상 모든 소방수가 다 나와 / 나의 진로를 막을지라도 / 이 땅 권력자가 나설지라도 / 나는 불덩이가 되어 / 멈추어 설 수 없구나   -「산불」일부

지금도 다시 만날 수 없는 아픔 / 하나하나 그 그리움을 다 연결하면 / 새 땅이 되겠지 / 새 하늘이 되겠지 / 천국은 아닐지라도 쩍쩍 갈라진 안타까움에서 / 작은 물줄기 솟아나겠지 // 한강의 물줄기를 타고 임진강으로 한탄강과 대동강을 넘고 / 다시 한강으로 돌아온 물결 / 휘몰아칠 때마다 / 내려놓을 수 없는 꿈 / 내일 아침에는 하늘에 무지개 환히 피겠지

114

-「내일은 소망이」 일부

이존태 시인의 시가 감동으로 다가오는 이유는, 이 시집의 시들이 가족사와 민족사의 서사적 문제를 품고 있을지라도 시의 표현방식에서 문학적 형상화 과정을 충실히 거치고 있기 때문이다. "언제부터인가 / 깊은 숲에 갇힌 그리움 / 산짐승처럼 길 없는 길 / 잊힌 길을 향해 / 몸부림친다" 통일을 향한 열망을 '깊은 숲에 갇힌 그리움'과 '산짐승'으로 비유하여 자칫 도식적으로 흐를 수 있는 민족통일이라는 주제에 활화산 같은 생명력을 부여한다. 이어 그 누구도 막을 수 없는 열망을 무서운 기세로 타오르는 '산불'로 연결시키며 새로운 통일시의 진수를 보여준다. "내 남은 모든 것 / 자유를 잃는다 할지라도 … 나는 불덩이가 되어 / 멈추어 설 수 없구나" 그의 통일시가 독자에게 공감을 주게 되는 이유는 긴 세월 내부에 축적된 열망이 진솔하면서도 자연스레 터져 나온 때문이기도 하지만, 아울러 그의 시는 문학적 형상화를 중시한 시인의 많은 노력의 결과물이기 때문이다.

우리의 남과 북에는 이산가족을 비롯하여 서로를 그리워하며 살아가는 사람들이 그 얼마나 많은가. 「내일은 소망이」에서 시인은 그리움으로 가득 연결되어 있는 이 땅의 안타까운 상황을 가뭄에 쩍쩍 그물처럼 갈라진 땅으로 그려내고 있다. 바로 그러한 곳에 작은 물줄기 솟아나고, 새 땅 새 하늘이 열리게 될 것을 꿈꾸고 있다. 여기서 '작은 물줄기'라 함은 우리 민족의 미래를 바꿀 고무적인 사건 즉 남북정상회담과 같은 일이 될 것이다. 그런 일이 있을 때마다 시인은 "한 강의 물줄기를 타고 임진강으로 한탄강과 대동강을 넘고 / 다시 한강으로" 돌아오는 날들을 소망해왔을 것이다. 긴 가뭄으로 쩍쩍 갈라지는 논바닥의 형상을 이산 내지 분단으로 타들어가는 그리움으로 형상화하고, 그런 시련에도 좌절하지 않고 끝내 피워 올리는 '무지개'의 미학이 바로 이존태 시인이 일구어낸 민족통일 염원의 시적 세계라 할 것이다.

반란의 바람이 붑니다 / 동토의 땅에서 그물에 갇혀있던 새들이 일어나 / 자유를 부르짖습니다 / 땀방울까지 도둑맞았던 슬픈 삶 / 어둠의 거리에서 촛불을 들고 / 큰 바람이 되었습니다 –「바람」 일부

내 뜨거움이 꽃이 되지 못하더라도 / 네 꿈이 활활 불꽃이 되지 못하더라도 / 너는 바로 나이고 나는 바로 너이다 / 균열된 들판에 구멍이 생기더라도 / 그 속에서 용암이 뜨겁게 솟아올라 / 우리 새롭게 피어나자

–「너와 나」 일부

나를 헐뜯는 그 많은 혓바닥과 / 무시무시한 칼잡이들의 춤사위가 위협하더라도 / 나만 내려놓으면 그대에게 갈 수 있겠지 / …… / 내가 한 방울의 물이라면 / 어찌 그리움 열지 못하랴

-「한 방울 물이라면」 일부

우리들의 최종 목적지는 평양이나 서울이 아니다 / 베이징이나 워싱턴은 더더욱 아니다 / 바로 나의 아픈 가슴 속이고 너의 슬픈 품속이다

-「우리 아픔을 깨자」 일부

통일 염원 그 자체가 삶의 실존으로 기능하는 시인에게 통일 방안은 어떻게 나타나고 있는가. 통일은 소망한다고 이루어지지 않는다. 통일이 자기들 이익과 부합하지 않는 정치세력이 남쪽에는 존재한다. 분단 상태를 정치적 생존의 수단으로 삼는 반통일 비민주적 세력이다. 통일을 이루기 위해서는 먼저 이 땅에 민주화가 이루어져야 한다. 그래서 2016년 가을, 이 땅에는 촛불혁명이 시작되었던 것이다. 위의 시 「바람」에서 시인은 "동토의 땅에서 그물에 갇혀있던 새들이 일어나 / 자유를 부르짖습니다 … 어둠의 거리에서 촛불을 들고 / 큰 바람이 되었습니다" 하며 민주화된 세상을 열망한다.

시인이 또한 주장하는 것은 아무리 남과 북 분단 상황으로 대치하더라도 우리가 본래 한민족임을 잊지 말자는 것이다. "너는 바로 나이고 나는 바로 너이다 / 균열된 들판에 구멍이 생기더라도 / 그 속에서 용암이 뜨겁게 솟아올라 / 우리 새롭게 피어나자" 남과 북의 균열로 일어나는 구멍도 용

암처럼 솟구치는 뜨거운 생명력으로 뛰어넘자는 것이다. 「한 방울 물이라면」에서 시인이 또 하나 주장하는 것은 '나'를 내려놓으라는 것이다. 그 논리는 자기를 내세우지 않고 아래로 흐르며 순리를 지향하는 '물'의 속성에서 나온 것이다. 다시 말해 치열한 대치 상태에서도 '나'를 내려놓고 상대를 배려하라는 의미일 것이다.

그 배려의 의미를 가장 잘 담고 있는 작품이 「우리 아픔을 깨자」이다. 우리들의 최종 목적지는 평양이나 서울이 아니다 / 베이징이나 워싱턴은 더더욱 아니다 / 바로 나의 아픈 가슴속이고 너의 슬픈 품속이다" 상대를 배려하고 품을 수는 있는 자는 약자가 아니라 강자라는 점을 고려할 때, 이는 우리가 먼저 품고 배려하는 자세를 갖자는 주장인 셈이다. 힘든 일이지만 시인이 내놓을 수 있는 가장 현실적인 대안이 아니겠는가.

5. 구겨진 한 장 잎새가 되어 훌훌 날고 싶다

아버지의 월북 이후 생존을 위하여 몸부림치며 살아왔을 이존태 시인. 그가 일찍이 고교 시절에 창작에 뜻을 두고 2인 시화전을 열었던 것도 그런 모습의 한 장면이었을 것으로 짐작된다. 그는 이제 인생의 '늦가을'에 도달해 있다. 비록 고희를 넘어 늦게 시인으로 등단하였어도 그는 젊은 나이에

서부터 문학인으로서의 삶을 벼리고 벼리면서 예까지 온 것이다. 그래서일까. 꾸밀 것도 없이 소박하게 내놓은 그의 시 「늦가을에」에서는 '삭임'의 과정을 충실히 거쳐 온 자의 웅혼한 시심을 느끼게 한다. 우리 현대사의 아픔을 꼭꼭 숨기며 내밀하게 발효시켜 온 그 맑은 영혼의 세계가 이제 푸른 하늘 아래 한 자락의 바람으로 풀어지는 것을 느끼게 한다. 바로 이렇듯 승화하여 나타난 시적 경지가 우리 시대 '한국적 한'의 진수를 보여주는 한 면모가 아닌가 여긴다.

늦가을 / 내가 단풍 한 잎이 되는 것을 / 다른 이들처럼 아름다움이라고 말하지 말자 / 사실 지긋지긋한 아픔과 울분이 차곡차곡 쌓인 얼룩일 뿐 / 구태여 꾸며서 나를 나타내려 하지 말자 / 이제사 속살을 다 드러내놓고 한바탕 펑펑 우는 것이다 / …… / 내가 가졌던 것 / 넉넉한 삶의 무게를 느끼게 했던 그 풍성한 것들 / 하나도 남겨두지 않고 가볍게 섰다 / 이제는 오직 자유뿐이다 / 구겨진 한 장 잎새가 되어 / 그렇게 알고 싶었던 나를 향해 훌훌 날고 싶다 / 내 속마음을 다 주지 못했던 친구들에게도 나를 보여 주고 싶다 / 이제는 그 누구도 아닌 나를 위해 / 새 꿈을 담은 푸른 잎이 되고 싶다

―「늦가을에」 일부

시인은 늦가을에 나타난 보기 좋은 단풍잎을 "지긋지긋한 아픔과 울분이 차곡차곡 쌓인 얼룩일 뿐"이라며 오해를 불식시킨다. 아울러, 그는 "이제사 속살을 다 드러내놓고 한바탕

펑펑 우는 것이다" 하고 고백한다. 시인의 이 첫 시집이 바로 펑펑 우는 울음인 셈이다. 꾹꾹 누르고 살아온 한평생의 삶과 자신이 지켜온 진실과 정의를 '시'의 옷을 빌어서 비로소 공개하게 된 것이다. 하고 싶었던 말을 하고, 무거웠던 삶을 훌훌 털고 나니 그에게 비로소 자유가 찾아온 것이다. '텅 빈 마음'의 편안함을 느끼는 것이다. "이제는 오직 자유뿐이다 / 구겨진 한 장 잎새가 되어 / 그렇게 알고 싶었던 나를 향해 훌훌 날고 싶다" 이 얼마나 간절한 표현인가. 그는 이제야 자신의 진정한 '얼굴'을 만난 것이다. 모질게 붙어 있던 '암덩 어리'가 이제 떨어져나간 것이다. 하지만 맑은 시인의 눈으로 세상을 바라보면 세상은 여전히 슬프기만 하다.

하늘이 저렇게 맑은데 / 그날은 피비가 내렸다 / 검붉게 엉킨 피가 / 다음 날이 되어도 그 다음 날이 되어도 / 미처 굳지 못하고 거리를 적시었다 // 사십 년이 지난 오늘 / 하늘은 저렇게 맑고 깨끗한데 / 아무 이유도 없이 죽어간 원혼들의 피냄새가 / 그 도청 분수대를 뚫고 치솟아 오르는 / 아 아픔의 분노여 / 하늘은 저렇게 맑은데 —「하늘은 저렇게 맑은데」 일부

우리는 도시 한복판을 관통하는 시냇물 속에 폐수를 숨기고 살았다 / 겉은 멀쩡하지만 속은 시궁창 같은 우리들의 삶 / 이것을 진실이라고 우기며 거짓을 추구했던 일상 속에 / 너는 악취도 그림자도 없이 다가와 우리를 죽이기 시작했다 / 오늘은 물론 내일조차 예측할 수 없는 변곡점을 바라보면서 / 죽

음의 그림자가 다 지나가도록 통곡 소리 애절하다 / …… / 이 세상을 살리는
길은 내 이웃에게 돌아서서 잘못된 사랑을 / 돌아보는 것이다

－「코로나19의 공격을 받고」 일부

　시인으로 나서면서 이존태 시인은 「하늘은 저렇게 맑은
데」를 통해 먼저 40여 년 전 이 땅 광주에서 벌어진 5·18민
주화운동의 희생자들을 떠올리고 늦게나마 그 참혹했던 비
극에 대한 안타까움을 토로한다. 저렇게 맑은 하늘 아래서
민간인들을 대상으로 그 엄청난 폭력을 자행할 수 있었던 것
이냐 하며 분노를 금치 못하고 있다. "하늘이 저렇게 맑은데"
라는 말을 반복하여 사용함으로써 지금도 도무지 믿기지 않
는 일임을 효과적으로 표현하고 있으며, 당시 어찌할 바 모
르고 관망한 자로서의 참회를 표시한다. 이 또한 긴 세월 남
모르게 끙끙 앓고 살아온 자의 '죄인의식'을 덜어내는 작업
에 속하는 일일 것이다.

　「코로나19의 공격을 받고」를 통해서 시인은 첨단문명을
구가하며 살아가는 21세기 현시대의 허상을 밝히면서 신랄
하게 풍자한다. "도시 한복판을 관통하는 시냇물 속에 폐수
를 숨기고 살았다"라고 하면서 '코로나19'의 출현 배경이
"겉은 멀쩡하지만 속은 시궁창 같은 우리들의 삶"이라는 사
실을 고발하고 있다. 그 근본 원인은 물론 이기적 자본주의
사회의 구조에 출발하고 있을 터이기에, 시인은 그 해결의

방안으로 "내 이웃에게 돌아서서 잘못된 사랑을 / 돌아보는 것이다"라는 표현을 내놓고 있다. 가진 자들의 착취 구조가 아니라, 없는 자들을 향해 진정 배려하는 사회구조가 그 해결책임을 제시한 것이라 하겠다.

> 남북 대표가 운동선수가 되어 / 다른 나라와 힘과 능력을 대결하는 것을 의미하지 않는다 / 통일은 세상에 우리를 드러내는 것이 아니라 / 아직 알지 못하는 서로를 이해하는 것이다 / 다만 너와 내가 만날 수 있다는 것 / 생각과 마음이 달라 얼굴 붉히고 큰 소리를 내더라도 / 만날 수 있는 그것이 통일이다   -「만남이 통일이다」일부

시인의 통일 방안도 그 배려하는 마음을 통해서 제시되고 있다. 우리 민족의 통일은 싸워서 이기는 대결 구도가 아닌, 서로를 배려하는 구도 속에서 이루어지는 것임을 제시한다. 싸워서 이기는 일은 함께 망하자는 매우 위험한 발상이다. 그래도 싸워서 이겨야 한다는 주장은 이기적이고 정치적인 속성의 한 방편일 가능성이 높다. "통일은 세상에 우리를 드러내는 것이 아니라 / 아직 알지 못하는 서로를 이해하는 것이다" 시인은 70년 넘게 헤어져 있었는데 갑자기 하나가 되자는 주장은 사리에 맞지 않음을 지적한다. "너와 내가 만날 수 있다는 것 / 생각과 마음이 달라 얼굴 붉히고 큰 소리를 내더라도 / 만날 수 있는 그것이 통일이다" 시인의 이러한

주장은 매우 온건하면서도 현실적이다. 그런 의지가 하나의 물줄기로 흐르고 모여서 마침내 민족의 통일은 어느 날 문득 우리 앞에 놓이게 될 것이다.

이존태 시인은 세월의 고통에 꺾이지 아니하고 절체절명의 그 실존적 삶을 민족통일의 열망으로 승화시켰고, 자신이 지나온 삶을 다듬고 다듬어서 일련의 시편으로 만들어 이를 기꺼이 통일의 밑거름으로 내놓았다. 이제 시련을 극복하며 일어서고 있는 '조국'은 그의 '어머니'가 되었고, '민족통일'은 그의 '아버지'가 되었다. 이번 시집 발간의 큰 뜻이 여기에 있다.

시인은 「늦가을」에서 "이제는 그 누구도 아닌 나를 위해 / 새 꿈을 담은 푸른 잎이 되고 싶다"라고 밝힌 바 있다. 시집 『죄인의 꿈』 발간을 계기로 서사성 높은 시에서 한 걸음 더 나아가 서정성을 확보하는 시 창작의 노력에도 여력을 기울여 주실 것을 희망한다. 어찌 보면 그 진정성과 참신성의 시적 공간에서 시인의 진정한 '얼굴'이 새롭게 드러날 수 있으리라 여기기 때문이다.

이존태 첫 시집

죄인의 꿈

초판인쇄 2020년 7월 02일 **초판발행** 2020년 7월 05일

지은이 **이존태**
펴낸이 **이혜숙** 펴낸곳 **신세림출판사**
등록일 **1991년 12월 24일 제2-1298호**

04559 서울특별시 중구 창경궁로 6, 702호(충무로5가, 부성빌딩)
전화 **02-2264-1972** 팩스 **02-2264-1973**
E-mail : shinselim72@hanmail.net

정가 10,000원

ISBN 978-89-5800-217-8, 03810